TEMPOS DE JOSUÉ
100 ANOS DE JOSUÉ GUIMARÃES

Livros do autor publicados pela **L&PM** EDITORES

A ferro e fogo I (Tempo de solidão)
A ferro e fogo II (Tempo de guerra)
Depois do último trem
Os tambores silenciosos
É tarde para saber
Dona Anja
Enquanto a noite não chega
O cavalo cego
O gato no escuro
Camilo Mortágua
Um corpo estranho entre nós dois
Garibaldi & Manoela
As muralhas de Jericó

INFANTIS

A casa das quatro luas
Era uma vez um reino encantado
Xerloque da Silva em "O rapto da Doroteia"
Xerloque da Silva em "Os ladrões da meia-noite"
Meu primeiro dragão
A última bruxa

JOSUÉ GUIMARÃES

ENQUANTO A NOITE NÃO CHEGA

L&PM
EDITORES

Texto de acordo com a nova ortografia.
Este livro teve sua primeira edição, em formato 14x21cm, em dezembro de 1978.
Tanbém disponível na Coleção **L&PM** POCKET (1997).
Esta reimpressão: verão de 2021

Capa: Ivan G. Pinheiro Machado
Revisão: L&PM Editores

CIP-Brasil. Catalogação na publicação
Sindicato Nacional dos Editores de Livros, RJ

G978e

Guimarães, Josué, 1921-1986
    Enquanto a noite não chega / Josué Guimarães. – Porto Alegre [RS]: L&PM, 2021.
    104 p. ; 21 cm.

    ISBN 978-65-5666-131-5

    1. Ficção brasileira. I. Título.

21-68502   CDD: 869.3
                             CDU: 82-3(81)

Meri Gleice Rodrigues de Souza - Bibliotecária - CRB-7/6439

© sucessão Josué Guimarães, 1995

Todos os direitos desta edição reservados a L&PM Editores
Rua Comendador Coruja, 314, loja 9 – Floresta – 90.220-180
Porto Alegre – RS – Brasil / Fone: 51.3225.5777

Pedidos & Depto. Comercial: vendas@lpm.com.br
Fale conosco: info@lpm.com.br
www.lpm.com.br

Impresso no Brasil
Verão de 2021

Calam mais alto, mais fundo
as pequenas alegrias...
E o pão dos últimos dias
já é um pão do outro mundo!

MÁRIO QUINTANA
Canções

Sumário

1. Adroaldo 9
2. Inocêncio Herédia 18
3. Teodoro, o coveiro 24
4. A morte 29
5. Maria rita 36
6. Heloísa 43
7. Silvério 50
8. A noite 58
9. Teresa 63
10. Madrugada 70
11. O pão 78
12. A viagem 87

Sobre o autor 95

1. ADROALDO

A velha suspirou:

– Se o Adroaldo fosse vivo, hoje estaria fazendo sessenta e oito anos.

O marido corrigiu sem pressa:

– Sessenta e sete, minha velha. – Ele nasceu em 1911, numa quarta-feira. – Era um feriado qualquer, eu não consigo me lembrar bem que feriado, mas era dia de ninguém trabalhar.

Dirigiu-se à cômoda onde estava o retrato do filho, em sépia, descolorido, arranhado. Era um jovem revolucionário de 30, entre dois companheiros, tendo ao fundo as grandes rodas inteiriças de uma locomotiva maria-fumaça. Os três riam descontraídos. Ao pé deles um cão branco com manchas escuras dormia, enrodilhado. O velho passou os dedos engelhados pela foto.

– O nosso Adroaldo – foi só o que pôde dizer.

– Te lembras de como a gente recebeu a notícia da morte do menino, na Revolução de 30, quando o batalhão dele andava pelos lados de Itararé? – ela fez uma pausa. – Itararé fica para os lados de São Paulo, não é?

– Fica – confirmou o velho depois de retornar à cadeira de balanço forrada com um velho pelego descolorido pelo tempo.

Perguntou se ainda tinham o suficiente para o mate de todos os dias; não custava nada fazer uma espera na estrada, em geral deserta, na tentativa de encontrar um viajante qualquer e pedir que arranjasse um pouco de erva ou que a mandasse por um outro que viesse de torna-viagem. Só um pouco de erva. A velhinha foi até o armário de portas envidraçadas, torceu a chave e tirou lá de dentro uma grande lata quadrada. Depois de calcular a quantidade pelo peso, recolocou-a no lugar e fechou novamente a porta.

– Tem menos de um quilo.
– Economizando bem a gente ainda tem erva para duas semanas.

A velhinha retornou ao crochê de lã preta que desenrolava de um grande novelo, engaiolado numa cesta de largas tiras de vime, e que resultara no desfazimento de um velho pulôver. No início do verão ela transformava o pulôver em novelo de lã, e, mal o outono chegava a meio, as suas mãos lentas recomeçavam a tecer com paciência. Então ela disse:

– Pena que a gente não possa fazer com a erva o que se faz com a lã.

– Se pode – disse ele sem olhar para a mulher. – O meu falecido pai, na Revolução de 93, junto com mais três companheiros, tomou mate durante um mês inteiro só com um quilo de erva. Depois do chimarrão a erva era colocada num papel e ficava exposta ao sol até ficar bem sequinha. No dia seguinte bastava misturar nela um pouco de erva nova para que o mate corresse a roda.

– Um mês com um quilo de erva! – exclamou a velhinha, incrédula.

– E mais duraria se o inimigo não encontrasse os três no esconderijo e não tivesse passado pelas armas os dois amigos do meu pai. Só pouparam o velho, porque um dos irmãos dele era capitão dos maragatos, portanto merecia misericórdia.

— Já ouvi esta história tantas vezes que até sei tudo de cor.

O velho fez um sinal de enfado. Ela vivia dizendo que conhecia todas as suas histórias. Repetiu a frase de sempre.

— Pudera. A gente está casado há mais de sessenta e oito anos.

— Como se eu não soubesse — disse ela, sempre tricotando. — Dia 10 de março de 1910. Santana do Livramento. Com festa do lado uruguaio, em Rivera...

— Taquarembó — corrigiu ele.

— Isso: Taquarembó. Na chácara do falecido Dom Pepe de Aguilar y Aguilar, nosso padrinho de casamento.

— Que morreu no ano seguinte, de tiro.

— Coitado.

— Coitada é de Dona Mercedes que ficou com doze filhos para criar.

— Naquele tempo até que nem era difícil.

— Lá isso é verdade. Mas, sem querer mudar de assunto: a gente bem que podia tomar um chimarrão agora. Pelo jeito já são seis horas.

— Com a erva que a gente tem, acho melhor deixar o mate para quando o dia amanhecer.

— É verdade — disse ele, contrariado. — Se ainda houvesse por aí um resto qualquer de pó de café, não seria nada mau uma boa xícara. Eu estou enjoado de leite todo dia.

A velhinha suspendeu o trabalho com as agulhas, olhou por cima das lentes embaciadas dos óculos de hastes amarradas com fios de linha, e reclamou:

— Olha para o alto e agradece a Nosso Senhor Jesus Cristo por nos ter deixado ainda esta vaca de cria. Se não fosse ela,

Seu Teodoro já teria nos levado para aquelas covas abertas ao lado da morada dos nossos filhos.

– Está bem, está bem – disse ele, balançando a cadeira remendada. – Agradeço a Deus pela graça de nos ter deixado esta vaquinha.

Ficou imóvel, olhou para o céu lavado de nuvens e iluminado pelo sol fraco do cair da tarde, e comentou:

– E Seu Teodoro que ainda não apareceu?

– Deve estar dormindo. Ele não sabe fazer outra coisa desde que enterrou o último falecido.

– Isso não é trabalho para um homem de quase setenta anos – disse ele, passando a mão pelo rosto murcho. – Cavar numa terra seca e dura como pedra, levantar a pá, cortar o chão e tudo o mais, comendo só um mingau de leite a cada dia.

Ela apressou-se a corrigir:

– Ontem o pobre comeu duas porções e na semana passada trouxe mandioca que ficou muito boa depois de cozida.

– Ora, ora, cozida em água e sal.

– E onde vamos arranjar outras coisas? – perguntou a velhinha, meio espantada.

Dom Eleutério ficou sério, ruminando em silêncio os seus pensamentos. Tornou a balançar a cadeira desconjuntada. Comentou, como se não desse muita importância ao que dizia:

– Não gostei da conversa dele ontem de noite, a querer saber como vai a saúde da gente, se a chuvinha do outro dia não gripou ninguém aqui em casa, a dizer que na nossa idade qualquer grau acima ou abaixo na temperatura pode ser muito perigoso.

– Ele não é médico – disse ela, retomando o crochê.

– E nem padre para andar mexericando coisas. Se ele voltar hoje com a mesma conversa vou apontar a porta da rua e dizer que é a serventia da casa, que fique lá pelo seu cemitério, que é sua obrigação, e nos deixe em paz.

– O que é isso, meu velho? O coitado não tem mais o que comer e não custa nada a gente dar leite para ele. E leite está sobrando, graças ao nosso bom Deus.

– Esquece o que eu disse.

Levantou-se com dificuldade, queixou-se de seu reumatismo, das dores nos rins e da artrite que atacava os braços e as pernas, chegou-se à janela e olhou para o mundo lá fora:

– Veja só, caiu a parede da casa do Coronel Fabrício e eu nem tinha reparado. Dava a metade dos anos que eu tenho, só para que aquele vaidoso estivesse aqui do meu lado e visse agora a casa dele, no estado em que se encontra. Ele de pinguelim batendo nas botas de verniz, para lá e para cá na calçada, examinando as paredes para ver se algum moleque não tinha riscado a pintura com alguma ponta de pedra.

– Lembro que ele apanhou dois ou três negrinhos riscando as paredes e tratou logo de fazer justiça por conta própria.

– Batia com uma vara de marmelo, das grossas, até que o sangue escorresse dos vergões. E ninguém dizia nada. O homem era importante, mandava e desmandava na política. Nem o delegado queria saber de nada. Recebia do coronel, em casa, de graça, caixas de rabada fresca, linguiça, sacos de batata e de feijão preto, melancia quando era época, sacos de laranja e de bergamota.

– E nunca se ficou sabendo quem mandou matar os irmãos Las Casas e o Dr. Setembrino.

— E nem quem mandou botar fogo na tipografia de Seu Calegari para acabar com o jornalzinho – disse ele, sem voltar a cabeça.

— Por acaso logo depois daquele artigo que dizia que o coronel já não merecia a confiança do Dr. Borges de Medeiros; por isso ia perder as eleições.

— Que terminou perdendo. Pois eu agora pagava para que ele estivesse aqui e visse a casa em ruínas, o mato tomando conta de tudo, a santa pinturinha dele que a chuva levou, os ratos fazendo ninho no lugar onde ficava a cama do casal, sol e chuva nos cacarecos podres que eram a menina dos olhos dele.

— Que a terra lhe seja leve – exclamou ela, fazendo o sinal da cruz.

— É como se costuma falar: pois que a terra lhe seja leve para todo o sempre. Mas palavra que ainda daria metade dos meus anos para que ele estivesse aqui, curtindo aquele orgulho todo, como se só a casa, os cavalos, os copos de vidro trabalhado e as sedas da mulher e das filhas valessem alguma coisa neste mundo.

— Dona Rosinha até que era boa pessoa, coitada.

Ele continuava com os olhos pregados nas ruínas da antiga casa senhorial, imprecisas pela distância e pelo apagar do sol no horizonte:

— Dona Rosinha, uma boa pessoa, pois que a terra também lhe seja leve. Mandava dar dez chibatadas nas negras sempre que uma delas quebrava um prato ou uma xícara. Expulsou uma que estava com barriga; e queira Deus que o pai não fosse o próprio coronel, que era chegado a um galpão, com a desculpa de ver como andavam as coisas por lá, no meio da noite.

– Cruzes, falar mal das pessoas mortas – disse a velhinha.

Ele notou uma pequena coisa a movimentar-se nos escombros da Prefeitura, que havia desabado no último temporal. Não conseguia enxergar muito bem através da catarata que às vezes lhe estendia uma cortina de sombras diante dos olhos. Mas alguma coisa se mexia entre as pedras e tijolos. Não havia mais cachorros na cidade. Nem gatos.

– Deve ser lebre, lá pela Prefeitura – disse ele, tentando dissipar a dúvida.

– Eu acho que tenho ouvido lebres até aqui mesmo no pátio – disse ela.

– Se a gente ainda tivesse uma arma, dava bem para cozinhar uma lebre na panela. Que fim levou aquela nossa Winchester?

– Eu é que não vou saber das tuas armas.

– Aquele Colt de calibre onze vírgula quatro, com carregador para sete cartuchos. Claro, eu sei para onde ele foi. Meti no bolso do capote do Adroaldo quando se alistou em 30, e afinal desapareceu com ele. Quantos anos tinha o Adroaldo quando foi para a revolução?

– Deixa eu ver – a velhinha ficou contando nos dedos –; ele nasceu em 1911, portanto morreu aos dezenove anos.

– Céus, que idade para um menino morrer.

Notou que a mulher limpava qualquer coisa no canto dos olhos, com a manga de renda preta, e procurou desconversar:

– Bem, não foi só o Adroaldo que morreu em 30. É uma conta perdida de tanto menino que desapareceu da face da Terra: foram milhares. E eu me pergunto, Santo Deus, para quê? Afinal, nunca mais deixou de correr sangue neste país depois de 30, e as mazelas até que aumentaram.

– Mas o Adroaldo não era um entre milhares. Era o nosso filho, o que é muito diferente. Não me importo com a Revolução de 30 nem com nenhuma das outras revoluções depois dela. Mas o Adroaldo não precisava ter ido, é só o que eu digo. Havia anos que ela não conseguia mais chorar. O marido lhe dava, toda a vez em que falavam de coisas tristes, um pequeno lenço de renda para enxugar o pranto que não brotava mais. Era um hábito dos tempos em que suas faces se molhavam com lágrimas copiosas e ela se metia pelos cantos a fungar desesperadamente.

– Ele era bom em matemática – disse o velho. – Lembro como se fosse hoje o elogio que recebemos um ano antes da Revolução de 30, o professor a dizer que o nosso Adroaldo ia ser engenheiro ou alguma coisa assim ligada com os números; quando o tio dele, o Edmundo, deu ao menino um casaco de boa lã, azul-marinho. Emerenciana enfiou no bolso dele algum dinheiro e o rapaz aproveitou para levar a namorada ao cinema.

– A Clarinha, filha da falecida comadre Doralice.

– Isso mesmo, a Clarinha – confirmou o velho, valendo--se da memória da mulher.

Uma pequenina sombra continuava a movimentar-se nos escombros da Prefeitura. Uma lebre, repetia o velho, mas bem que podia ser qualquer sombra da noite tangida pelo vento de novembro, quando a primavera tira o pólen das flores e fecunda a terra. A pequena parreira ao fundo do quintal estava muito viçosa e com centenas de cachos em formação. O pé de limoeiro-todo-o-ano, o mamoeiro jerivá, a goiabeira, o pé de laranja-do-céu, duas pitangueiras carregadinhas e a horta meio abandonada, com pés de couve, alfaces, salsa e cebolinha verde; o resto, capim forte, inço, chão coberto de folhas mortas.

Eles nunca sabiam as horas, o relógio de pêndulo emperrara. Mas o sol e as estrelas ou aquele sexto sentido da idade, que costumam marcar o tempo, diziam aos dois as horas do dia ou da noite. E ainda o canto do galo, em anos passados, o coaxar das rãs, os grilos e até um perdido sabiá-laranjeira que costumava saltitar pelas árvores com os primeiros anúncios do dia. Mas isso em outras épocas.

A velhinha passou para a cozinha, espiou pela janela o estábulo em ruínas, onde morava a vaquinha de cria. Pediu de lá para o marido que ele fosse pegar o gadanho e cortar um pouco de capim para o animalzinho. A vaquinha fornecia todas as manhãs três jarras de leite gordo e espumante, logo passado para uma panela que permanecia sempre num canto do fogão, depois da primeira fervura. Ainda mais naqueles dias de calor. Se não tomassem certos cuidados, o leite virava coalhada e era preciso esperar pelo dia seguinte.

Ela botou mais pedaços de lenha no fogão, não fez nenhuma tentativa para assoprar as brasas. Nessas ocasiões sentia tonturas e tudo rodopiava de maneira desagradável. Fez um rodízio nas poucas panelas de ferro sobre a chapa quente, limpou as mãos na barra da saia e retornou à saleta onde o marido permanecia imóvel na janela.

– Fiz um pouco mais de mingau e botei açúcar sem pensar muito na economia – disse ela. – Mas Seu Teodoro já devia estar aqui e queira Deus que não tenha acontecido nada com o pobre homem.

– Ele vem – disse o marido. – Eu sei que ele vem.

2. INOCÊNCIO HERÉDIA

Ao fechar um dos tampos da janela por causa do vento de primavera que levantava poeira e folhas secas na rua, o velho bateu num porta-retrato pintado de dourado na ponta da cômoda, com uma foto imprecisa da filha Maria Rita numa cadeira de espaldar alto, tendo ao lado, ereto, grossos bigodes engomados, colarinho de pontas viradas e gravata de plastrão, seu marido, o farmacêutico Inocêncio Herédia, dono do Ao Boticário, e mais o filhinho João Matias, sentado no tapete, aos pés da mãe.

– Não sei quantas vezes vais derrubar esse retrato – reclamou a velhinha, contrariada. – Queira Deus que não tenha quebrado o vidro.

Ele fez um esforço para dobrar o corpo, as juntas estalavam, por fim catou o retrato. Passou a mão espalmada para sentir se o vidro havia quebrado. Estava intacto, a moldura mantinha-se firme.

– Não houve nada.

Recolocou-o na mesma posição. Tentou enxergar os detalhes, o rosto de Maria Rita, a carinha de espanto do neto João Matias. Mais nítida do que o resto, a cara prussiana do genro Inocêncio Herédia. Fora um homem de um metro e noventa que alternava a vida parada da farmácia com a prática matinal de halterofilismo. Costumava bater nos bíceps salientes como duas batatas, tinha peito de pombo e partia nozes só com o polegar e o indicador. Inocêncio Herédia, a paixão dos dezoito anos de Maria Rita. Uma menina frágil, ao lado daquele rinoceronte de bons modos, polido, educado, dono do mais próspero negócio da cidade. Desprezando as receitas médicas e ele próprio aviando complicadas fórmulas de um velho alfarrábio. Que mandava as pessoas abrirem a boca para dizer um longo e sonoro *a*, para que pudesse examinar as amígdalas. Que preparava xaropes e infusões, pomadas e pílulas, e que um dia resolveu pedir a mão de Maria Rita para casar três meses depois, um escândalo, ele de avental na sala da frente: O senhor sabe, Dom Eleutério, as pessoas trazem do berço a inscrição debaixo da pele com o nome da pessoa que o destino separou para casar com a gente, e aqui no meu peito, se o senhor descascar a pele, vai ler Maria Rita; juro pelo que há de mais sagrado, juro pelos olhos da minha mãe.

– Foram três meses de correria, todas as mulheres da família bordando e costurando lençóis e fronhas, toalhas, batas, e depois os comes e bebes – disse a velhinha. – E os proclamas no adro da igreja, os papéis para o Juiz de Paz, as guirlandas estendidas pela casa toda, o assoalho lavado com escova, água e sabão, as cadeiras emprestadas, copos e pratos, os leitões assados nos fornos da vizinhança. Sei lá, parece que foi ontem essa coisa toda. Maria Rita tão franzininha e desamparada, ele um brutamontes, que partia uma acha de lenha em cima do joelho.

O velho repetiu, sem nenhum tom especial:
– Inocêncio Herédia.

— Depois o Joãozinho morreu com quatro anos, de varíola — disse a velha de olhos secos. — Falava tudo, estava começando a armar arapuca no quintal e um dia chegou a apanhar um bicho qualquer, acho que um pardal que tentava bicar o miolo de pão que servia de isca.

— Ajudado sempre pelo Inocêncio Herédia — disse o velho.

— Pois é verdade. E daí? Pai, por acaso, está proibido de ensinar filho a pegar passarinho?

— Não, eu não disse isso.

Houve um silêncio momentâneo. Ficaram à escuta. Estava na hora de chegar o coveiro Teodoro. Pela claridade da rua ele estava demorando mais que de costume.

— Bom rapaz, o Inocêncio Herédia — disse ele.

— Morreu no mesmo ano em que o filho foi chamado por Nosso Senhor Jesus Cristo. Justamente ele, que levantava peso que nem dois cavalos seriam capazes. Que tomava litros e litros de poção-de-longa-vida e que se vangloriava de que toda a sua família costumava viver mais de cem anos.

Ela limpou os olhos secos, como de costume. O velho recordou com certa mágoa no coração:

— Maria Rita, a pobrezinha, tinha se finado um ano antes, na Quaresma, resultado do parto do Pedrinho, quando Manuela não tinha ainda completado dois aninhos.

Ela mastigava uma recordação constrangedora, fazia questão de não dar muito crédito, mas comentou com o marido naquele cair de tarde:

— Toda a gente dizia que Inocêncio Herédia morreu de amor. Será que isso acontece fora dos romances e das histórias de fadas?

— Sei lá, mas é de um vivente acreditar.

Ela segurou a barra da saia e parecia tentar desfiá-la com os dedos de grossas juntas, secos e duros:

— Eu acho que, se tu morreres primeiro, eu não resisto um dia.

O velho ficou emocionado, tossiu, tratou de disfarçar. Voltou para a sua cadeira e comentou que o vento estava forte, as pessoas ficavam nervosas.

— Mas eu vou morrer primeiro — disse ele, a custo.

— Não sei por quê — retrucou a velhinha, largando o vestido. — A mulher sempre morre primeiro.

— Qual o quê, eu estou com noventa e dois anos. Sou de 1886. Ou de 1885. Nem sei bem ao certo.

— Mas o teu pai morreu com mais de cem anos.

— Eram outros tempos, pelo amor de Deus. E além do mais o meu pai nunca fumou, nunca bebeu, nunca jogou. Essas coisas desgastam um homem.

— Ora, pois aí está. Há trinta anos que não fumas, não bebes e nem jogas.

— Lá isso é verdade. Mas essas coisas deixam cicatrizes dentro da gente, nas veias e coronárias, nos pulmões e nos brônquios. Ataca o coração, desgasta.

— Pois eu ainda nem fiz os meus oitenta e seis e ando tão fraca que ainda outro dia tirei o leitinho da Beleza e quase não fui capaz de carregar o balde. Cheguei a pensar que tinha dado dez litros naquele dia. Depois medi e pude comprovar: só três litros e pouco.

Suspirou, demonstrando cansaço, e, quando notou que o marido parecia impressionado com sua confissão de fraqueza, procurou mudar de assunto:

– Bom moço mesmo, Inocêncio Herédia. E forte. Se alguém perguntasse naqueles dias se ele aparentava alguma doença por dentro seria bem capaz de ser tachado de louco varrido, de miolo mole. Ora, o Inocêncio Herédia doente!
– Pois não sei se ele morreu de amor. O fato é que morreu dormindo. Tinha a fisionomia muito tranquila e não foram poucos os que juravam que Inocêncio Herédia estava com um sorriso nos lábios. Ele, que nos últimos meses só sabia chorar a morte do Joãozinho Matias, nem se alegrava com os outros dois, tão pequeninos, Manuela com menos de três anos e o Pedrinho sem ter feito dois.

A velhinha alisava a toalha remendada da mesa, pensamento distante, dedos que pareciam grossos arames retorcidos. Sorriu quase imperceptível, sua memória rebuscava com dificuldade o tempo:
– Inocêncio Herédia no dia do seu casamento, santo Deus!

Relembrou os três músicos postados no pátio interno: flauta, violino e contrabaixo. Os amigos do clube disputando um estúpido concurso do melhor bebedor de cerveja; Inocêncio Herédia despejou cinco garrafas numa jarra e foi bebendo ao compasso ritmado de palmas, sem tomar fôlego, ele que estava casando naquele dia, a bebida a escorrer pelos cantos da boca, pelo peito, até quase encharcar a camisa engomada. Depois outra jarra. O Padre Ricoldi a pedir moderação, afinal em dia de casamento a temperança não fazia mal a ninguém. Chegou a esconder a jarra. Inocêncio Herédia espetou o dedo no peito do padre, pois que ele não se assustasse, gostava daquelas brincadeiras, e, desprezando a jarra escondida, começou a abrir garrafa após garrafa e bebia pelo gargalo, regurgitando;

depois ia entregando as garrafas vazias ao padre; e assim foi até chegar o Juiz de Paz, quando Inocêncio Herédia tornou a colocar a gravata preta, enfiou o casaco, limpou a cara molhada de cerveja e casou como se tivesse bebido antes uma garrafinha de guaraná, firme, reto, uma sequoia ao lado daquele pezinho de araçá que se chamava Maria Rita e que terminaria por finar--se quatro anos depois, quando tinha três filhinhos.

– É bom quando as pessoas morrem de amor – disse o velho.

O vento lá fora não deixou que eles ouvissem o arrastar dos pés do coveiro, só pressentido quando seu vulto encheu o vão da porta e a voz familiar deu boa-tarde para depois corrigir para boa-noite, que estavam no lusco-fusco, no momento exato em que as lebres corriam assustadas pelos escombros da cidade.

Sim, eram lebres.

3. TEODORO, O COVEIRO

A velha perguntou se ele tinha fósforos. Teodoro não respondeu, mas uma chama brilhou entre seus dedos, enquanto ele se encaminhava para a mesa onde sabia estar o lampião. A sala ficou mal-iluminada, mas ainda coava de fora o resto da luz do dia. O coveiro pediu licença para sentar-se. Estava ofegante. Confessou que antigamente percorria a distância que separava o cemitério do centro da cidade em menos de quinze minutos, sem caminhar muito depressa, marcha batida, mas hoje as coisas haviam mudado.

– A distância é a mesma – disse a velha.

– Eu sei, Dona Conceição, mas a verdade é que eu já não sou o mesmo – disse ele, passando a mão áspera na boca.

– Ora, ora, quem é que fica sempre o mesmo, a não ser Deus? – disse o velho.

O coveiro perguntou se ela não queria uma ajuda na cozinha, era só dizer o que queriam que ele se encarregaria de tudo, não era justo comer de graça, deixando as pessoas de casa trabalharem.

– Está com muita fome, Seu Teodoro?

– Para falar bem a verdade, Dona Conceição, estou. A senhora sabe, eu passo o dia todo sem botar nada na boca.

Mesmo porque não sinto mais a mesma fome de outros tempos. Fico engolindo a saliva, cuidando dos canteiros, varrendo os caminhos, esfregando as pedras de mármore, tirando a ferrugem das grades e das cruzes. Isso que há muito tempo não me importo mais com o polimento dos metais, que acho puro orgulho dos vivos.

– Não tem encontrado mandioca, ultimamente? – perguntou ela, interessada.

– A verdade é que não tenho andado pelos lados onde ela costuma dar. Fica um pouco longe e as minhas pernas não aguentam mais longas estiradas. Sem contar com os braços que às vezes não conseguem arrancar as raízes que se escondem debaixo da terra, e, como não tem chovido, anda tudo estorricado.

– Fique aqui com o Eleutério, que eu vou atiçar o fogo e preparar o nosso mingau.

Parou na porta da cozinha, encostou-se no batente, fez um inventário.

– Sabe, Seu Teodoro, resta pouca coisa para nós. Menos de um quilo de farinha, um pouco de erva-mate, uma lata pequena com açúcar, um potezinho de sal e, não sei bem, mas acho que meia lata de óleo para cozinhar.

– Não tem passado ninguém pela estrada? – perguntou o velho.

– Olhe, Dom Eleutério, lá da minha janelinha vejo a estrada, lá uma vez que outra passa gente e ninguém ouve o que a gente grita. Uma vez um carroceiro me prometeu trazer um maço de cigarros, sal, bolachas, açúcar e algumas coisinhas mais. Prometeu trazer as encomendas quando tornasse a passar por aqui, e até hoje. Nem os pedidos nem o dinheiro de volta.

— Até que em parte foi bom — disse a velha —; o cigarro não faz bem a ninguém, muito pelo contrário. Quem sabe não foi Deus quem guiou o esquecimento desse desconhecido? É como dizia o falecido Padre Ricoldi: Deus escreve direito por linhas tortas.

O velho Eleutério começou a balançar a cadeira nervosamente, pediu que a mulher fosse preparar a comida, virou-se para o coveiro, que permanecia rígido na cadeira, as mãos presas entre os joelhos vestidos de brim grosseiro:

— E de que adianta mandar as pessoas pararem na estrada, se ninguém aqui tem mais dinheiro? Ou acha que eles vão fazer caridade com a gente numa cidade que não existe e onde nem os cachorros vêm mais fuçar entulhos? — E concluiu, magoado: — Até os ratos desapareceram.

— É verdade — disse o coveiro.

— A não ser lebres — disse o velho apontando para os lados da Prefeitura em ruínas.

— Lebres? — exclamou desconfiado o coveiro.

— Lebres, sim senhor; vi com estes olhos que a terra há de comer. Lebres daqui para lá e de lá para cá, é só a noite se anunciar.

— Pois olhe — disse o coveiro —, se eu chegar a pôr minhas mãos numa delas, faço um ensopado de enfeitar aniversário. Aprendi a preparar lebre com meu pai, mas isso num tempo em que elas vinham beber água no pátio da nossa casa. Ou então se espalhavam armadilhas por entre as mudinhas de pinheiro-manso, e lá pela madrugada, noite quase, era só encher o embornal com as bichinhas. Minha mãe preparava lebre nos vidros de conserva e o resto do ano a gente se guardava para comer, tanto fazia no almoço como no jantar. — Fez uma pausa para retomar fôlego e prosseguiu: – Eu dava o resto dos meus dias por um vidro daqueles, Dom Eleutério. E não estou brincando, não.

O velho sorriu num esgar, sem dentes, alisou a cara:
– Está pagando pouco, Seu Teodoro, está pagando pouco.

O coveiro ficou novamente em silêncio, enquanto se ouvia o barulho de panelas e pratos na cozinha, onde agora brilhava a luz fraca de outro lampião.

Dona Conceição trabalhava devagar, mas não se importava porque nenhum dos homens reclamava e, pelo visto, o assunto deles havia terminado. Quando apareceu na porta pedindo a eles que fossem para a mesa, o coveiro já estava de pé e tratava de ajudar seu marido a levantar-se da cadeira de balanço.

– Tragam o outro lampião – pediu ela.

– Não é melhor apagar um para economizar querosene? – disse o coveiro delicadamente, para não ferir o orgulho dos donos da casa.

– Os anjos falaram por sua boca – disse ela, assoprando na manga do candeeiro. – Estamos na última lata de querosene e, quando acabar, a gente vai ter que deitar mal o sol se ponha. Tenho só duas velas de saldo.

– Eu sei – disse o coveiro. – Uma para a senhora e outra para Dom Eleutério.

O homem notou que havia tocado em alguma coisa que não devia. A velhinha permaneceu onde estava, o marido ficou olhando confuso para ele. O vento lá fora sibilava por entre os galhos de uma antiga casuarina e, pela primeira vez, naqueles últimos dois meses, os três ouviram o pio lúgubre de um mocho perdido.

A velha sentou-se à mesa, depois o marido e finalmente o coveiro, que tinha os olhos grudados no prato. Dom Eleutério rezou:

— Senhor Nosso Deus, abençoai o alimento que temos hoje sobre a mesa e que ele nunca nos falte, amém.

4. A MORTE

O mingau de leite, engrossado com farinha de trigo, recebera uma dose escassa de açúcar, mas ninguém reparava nesses pequenos detalhes. Seu Teodoro comia em silêncio, mas de repente sentiu que não tinha mais fome. Aos poucos, o estômago estava se desacostumando com a comida. Até os sonhos com grandes comilanças haviam sumido. As gordas galinhas assadas nas brasas, cobertas com molho de manteiga, pimenta e sal. A carne assada com molho de cebolas. O simples feijão com arroz. O coveiro estremeceu quando Dona Conceição tocou-lhe no braço.
– Perdeu a fome, homem?
– Pois é, acho que meu estômago já não é o mesmo. Quando eu cheguei aqui, parecia que, se botassem um boi no meu prato, eu comeria o danado dos chifres ao rabo. Agora eu vejo que era só o olho maior que a barriga. Vejam só, nem um pratinho de mingau cabe lá dentro.
– Às vezes, a gente precisa forçar a natureza – disse Dom Eleutério.
– Não adianta, não, eu até me sinto meio envergonhado.
– Sabe de uma coisa, Seu Teodoro? – disse a velha. – Para mim o senhor perdeu o resto da fome naquela horinha que falou nas velas, naquelas duas que ainda nos sobraram.

– Nas duas velas?

– Isso mesmo. Eu acho que as pessoas não devem ficar envergonhadas quando falam aquilo que vem à cabeça, pois o maior pecado ainda é o da mentira.

– Mas eu não sei do que a senhora está falando.

– Sabe, sim. Estão lá as duas covas abertas, uma para mim, outra para o Eleutério, e o senhor está só esperando que a gente morra para dar sepultura cristã a estes filhos de Deus. Nesse dia vai poder ganhar a estrada e terminar encontrando outro lugar onde uma pessoa possa viver com as outras.

– Não há nada de pessoal nisso, Dona Conceição. O meu dever é cumprir com minha obrigação, mas posso garantir que não estou esperando pelo pior. Pelo menos tenho dois amigos que me ajudam. Sabem, eu estou passando da casa dos setenta, não sou mais criança, e além do mais nós três estamos numa encruzilhada.

O velho concordou com a cabeça, enquanto chupava o mingau que vinha na ponta da colher. Dona Conceição fazia que sim com a cabeça e naquele momento sentiu muita pena do coveiro, que ainda estava naquele lugar esquecido à espera de que eles morressem e fossem enterrados em sepulturas decentes, e talvez ainda ele plantasse uma florzinha qualquer no montículo de terra. A morte não assustava nenhum deles, e só não falavam sobre ela por uma questão de pudor, porque os filhos haviam morrido, os netos, os primos, os irmãos, até aquela cidade morrera aos poucos, numa agonia lenta mas bem visível; casas que ficavam vazias, telhados que deixavam filtrar a água das chuvas, madeirame apodrecendo, paredes ruindo e o mato crescendo onde antes eram salas de visitas, quartos e cozinhas. Seu Teodoro, agora, ali à sua frente, trabalhava como um cão e não arredaria pé sem antes enterrar o último sobrevivente, aferrado a princípios que nem eles mesmos sabiam quais eram.

– O senhor bem que podia pegar a sua trouxa e ir embora, ganhar a estrada, desaparecer deste lugar.

– E a senhora e Dom Eleutério?

– Nós acabamos encontrando um jeito. Qualquer coisa aqui dentro me diz que eu vou primeiro e o meu velho até que pode fazer o seu serviço, nem é preciso muita prática nem muita força. O trabalho mais pesado o senhor já fez, que foi o de abrir aquelas duas covas na terra seca.

– Não, Dona Conceição. Eu fiz um juramento que ia sair daqui depois da última pá de terra sobre o último morador da cidade.

– Juramento para quem? – quis saber a velha.

– Para mim mesmo, perante Nosso Senhor Jesus Cristo.

Dom Eleutério acabara de limpar seu prato e dormitava agora com o queixo apoiado no peito. Ela disse:

– O coitadinho anda muito esgotado e se a gente fala baixo ele termina não escutando nada.

– Isso é bom – disse Seu Teodoro, afastando o prato de sua frente.

– Bom por quê?

– Depois de uma certa idade o melhor mesmo é não ouvir mais nada. A senhora sabe que as pessoas surdas lembram-se de quase todas as coisas.

Ela levantou-se para a tarefa de recolher os pratos, atiçar o fogo, ferver um pouco d'água para o chá de cidró, com folhas finas e serrilhadas tiradas de uma touceira no pátio, um

pouco além da porta dos fundos. Seu Teodoro fez menção de ajudá-la, mas foi impedido por um gesto enérgico:
— Fique onde está, estou velha mas ainda posso fazer as minhas coisas. Ando pela cozinha desde os meus oito anos. Me lembro como se fosse hoje, eu lavava os meus primeiros pratos quando no mundo inteiro soltavam foguetes e dançavam nas ruas, na festa de entrada deste século.
— Eu até nem tive tanta pressa, veja a senhora. Nasci oito anos depois que este século chegou, nem fiquei sabendo de tantas festas naquela ocasião.
Dom Eleutério cabeceou forte e acordou. Percorreu o olhar pela sala, e sorriu. Perguntou sobre o que estavam falando. A velha gritou:
— Sobre a morte.
— Ah, sim, sobre a morte — disse ele.
Seu Teodoro não entendeu, mas fez um gesto confirmando. Ela pediu ao coveiro que fizesse o favor de buscar umas folhas de capim-cidró, pois a água da chaleira estava no ponto. O homem saiu da cozinha com dificuldade e desapareceu na escuridão da noite, tateando troncos de árvores para orientar-se. Quando voltou, Dona Conceição disse a ele para não pensar que andava com medo da morte; muito pelo contrário, estava disposta a recebê-la como quem recebe uma velha amiga de infância, quando as senhoras costumavam servir chá com sequilhos e rememorar passagens felizes da vida de cada pessoa.
— A senhora sabe bem, ninguém aqui nesta cidade tratou mais de perto com a morte do que eu. A princípio a coisa me apavorava, pois eu tinha dez anos quando comecei a ajudar meu pai a abrir covas e construir cruzes. Meu primo Ramiro,

que Deus o tenha no seu Santo Reino, costumava dizer, antes de deixar esta cidade, que eu, como coveiro, nunca ia encontrar moça que quisesse casar comigo, no que ele tinha razão. Chegou a dizer que no fim eu ia terminar casando com a morte.
– Tolices desse seu primo. Com a morte ninguém casa.
– Era o que eu também pensava, mas num ponto ele tinha razão.
– Que ponto?
– Aquele de que nenhuma moça ia querer casar com um coveiro. Não que a profissão seja diferente das outras. Ganha-se a vida como se pode, e tanta gente que eu conheci, afinal, que sempre viveu da morte. Eu me explico: gente que fornece madeira para fazer caixão de defunto; gente que tem fábrica de ferragens para os pegadores; gente que planta flor e que vende flor; os que conseguem cadáveres para as funerárias; os jornais que publicam convites de enterro; rádios que mantêm espaços para notícias de falecimentos; tipografias para imprimir convites e avisos fúnebres; cartórios que fazem registros; e advogados que fazem inventários e testamentos. Tanta gente, Dona Conceição, que se eu fosse lembrar agora entrava madrugada adentro.
– E só o coveiro recebe a culpa – disse a velha.
– Pois é como a senhora diz.
Dom Eleutério arrotou fracamente e repetiu:
– Então vocês falavam da morte, se entendi bem.
– Mais ou menos – disse ela. – E acho bom que Seu Teodoro vá para casa dormir e que a gente faça o mesmo.
Seu Teodoro aceitou o convite para ir embora, e tratou de se despedir logo, agarrando o boné que deixara dependurado num prego da parede.

– E depois, Dona Conceição – disse quase na porta –, o sono é um grande alimento. Quando escasseia provisão de boca, o sono ajuda.

– Vá devagar, Seu Teodoro – aconselhou ela. – A noite está muito escura, venta como se fosse o próprio fim do mundo e não há rua que esteja em condições de se andar, com pedras soltas e lixo.

– Conheço o caminho como a palma da minha mão, fique descansada. Boa noite, Dona Conceição. Boa noite, Dom Eleutério. Que Deus lhes conserve a saúde.

Quando ele desapareceu, engolido pelas trevas, Dona Conceição sorriu para o marido, que parecia não ver nem escutar mais nada. E comentou:

– Gosto muito de Seu Teodoro, mas às vezes só diz as coisas da boca para fora. Ele ainda não deixou a cidade, porque jurou que só ia sair daqui quando enterrasse o último morador. E nós somos exatamente os últimos.

Dom Eleutério agora entendia tudo o que a mulher lhe dizia, porque ela gritava mais alto do que o barulho do vento.

– Pois, se a missão dele é essa, que seja cumprida a vontade de Cristo Nosso Senhor.

Cada um tratou de fechar janelas e portas, não que temessem um ladrão qualquer, alguém que pudesse entrar e praticar maldades. Havia muito tempo que a cidade não recebia vivalma. Mas o vento estava forte demais e as cobertas que eles tinham na velha cama eram poucas e o cobertor, de tão gasto, virara pano ralo. Pela madrugada a temperatura caía e eles não encontravam jeito de aquecer pés e mãos, que chegavam a doer de friagem.

Dom Eleutério levou o lampião para o quartinho onde só cabiam a cama antiga e a mesinha de pés torneados. Deixou cair os chinelos, e, assim como estava, deitou-se, corpo esticado, mãos cruzadas sobre o peito magro, pernas unidas, na posição em que as pessoas costumam ser enterradas, pois ele tinha muito medo de morrer enquanto dormisse.

Dona Conceição assoprou por cima da manga embaciada do lampião, recostou-se no colchão sem travesseiros e deu boa-noite para o marido. Quando pensava que o velho já estivesse dormindo, Dom Eleutério disse:

– Tenho muita pena de Seu Teodoro, mas acho que a gente não pode fazer nada para ajudar o homem.

5. MARIA RITA

Dom Eleutério foi acordado pela mulher. Ela estava sentada na beira da cama e chupava com esforço, lábios murchos apertando a bomba do mate, cuia já roncando, a água quase morna. Lá fora o dia chegava radioso. Lampião apagado sobre a mesinha, ele notou, pela janela que fora aberta, que o céu não tinha nuvens e dentro de pouco mais surgiria o sol por detrás das ruínas daquilo que antigamente fora a igreja de duas torres.

– Antes, a gente sabia das horas só pelo bater dos sinos – disse ela, passando a cuia para as mãos trêmulas do marido.

– Com toda a vida que a gente já viveu – disse ele –, o relógio até que não faz nenhuma falta. Posso garantir, não são cinco horas.

– Não precisa garantir nada, eu sei.

Depois dos primeiros goles, ele disse:

– Esta erva-mate está ficando mais fraca a cada dia que passa, mas, fica sabendo, eu nem ligo para isso. O que faz bem é o calorzinho da água: reanima, limpa a garganta, adoça a boca depois do sono. Para falar a verdade, o dia em que a gente não tiver mais erva, toma-se o chimarrão sem ela e se acostuma.

– Não há nada no mundo com que a gente não se acostume – disse ela, retomando a chaleira que tinha depositado no chão, ao pé da cama.

Mais um dia. O tempo se arrastava, ultimamente. Anos atrás Dom Eleutério nem sentiria o passar das horas, envolvido sempre com suas carpintarias, reformas de mesas e cadeiras, armário, portas e janelas. Um tempo em que seus olhos enxergavam longe. Tinha os braços fortes e o fôlego comprido, havia vizinhos com encomendas e não poucas vezes fizera caixões de defunto. Mas isso numa época em que a cidade começava a esvaziar-se e para ele não custava nada pegar umas tábuas de pinho de terceira e pregá-las na forma de caixão, sem frisos nem trabalhos de goiva; mas depois, em épocas mais recentes, os corpos eram só envoltos em lençóis usados, pois nem caixões havia; era a terra contra o corpo, o montículo onde se cravava a cruz e, quando havia vagares, o plantio de pequenas mudas de onze-horas, chagas ou mesmo gerânios.

Dona Conceição olhou para o retrato da filha Maria Rita.

– Se ela fosse viva, a pobrezinha, completava sessenta e cinco anos este mês.

Sabia de cor todas as datas, lembrava-se da filha quando nascera o primeiro neto, o João Matias.

– Três anos, três filhos – disse ela.

– Por sorte – disse Dom Eleutério, quase indiferente –, a pobrezinha morreu um ano antes do Joãozinho e assim não teve o coração partido como a gente.

– Naquele mesmo ano em que morreu Inocêncio Herédia, com diferença de dois meses. Era golpe em cima de golpe. Quem diria, o Inocêncio Herédia! Ele sustentava dois cavalos, a puxarem cada um para seu lado. Ganhou aquela aposta com o Capitão Marcílio, e depois, comemorando, derrotou quatro adversários no jogo de pulso. E dizer que morreu depois de quatro meses, inconsciente, em cima de uma cama, cego e mudo, corpo forte e rijo como sempre, sereno como se estivesse apenas dormindo a sesta.

– E Maria Rita tão franzininha – passou a cuia para as mãos do marido, que mantinha a cabeça apoiada de encontro à parede descascada – e que teve três filhos, um depois do outro, sem folga nem descanso, acompanhando o marido nos bailes do clube até alta madrugada, sem perder uma dança, dando fugidas nos intervalos para amamentar um dos filhos, que havia sempre um para aleitar.

– Primeiro, Joãozinho, desfigurado por aquelas inflamações horríveis.

– Depois Manuela, quando faltavam cinco meses para completar seis aninhos. Os cabelos da cor de mel, olhinhos azuis, pele clara – Dona Conceição rebuscava um passado distante –; sem adivinhar, a nossa bonequinha, que devia atender ao chamado de Deus Nosso Senhor. Mas iniciava as primeiras letras no Grupo Escolar. Ninguém soube de que doença; podia ter sido saudade do pai e da mãe.

– Ontem sonhei com Maria Rita – disse Dom Eleutério, ante à habitual indiferença da mulher, pois ele sonhava todos os dias, mesmo quando apenas cochilava na cadeira de balanço.

– Não vou mais querer chimarrão – disse Dona Conceição, descansando a cuia de encontro à chaleira. – E depois esta erva não tem gosto de nada; por sorte ainda não mofou, graças ao tempo seco.

– Ontem sonhei com Maria Rita – repetiu o velho. – A gente ainda nem morava nesta casa, ela estava no segundo ano de piano, na escola particular de Dona Mercedes, que não se cansava de dizer que era a aluna de mais futuro da classe. Ela tocou *Lua branca*, de Chiquinha Gonzaga. E ainda sabia de cor *Sertaneja*, *Abre alas* e *A bota do diabo*. Um dia, era sábado de Aleluia, lembro como se fosse hoje, que a Revolução de 30 andava já nas ruas, ela me disse que havia conhecido um rapaz muito bonito, de nome Inocêncio Herédia, farmacêutico como o pai, e que costumava divertir as moças desentortando barras de ferro de quase meia polegada de espessura; partindo tijolos com um soco e amassando moedas de quatrocentos réis com os dedos de uma só mão.

A velha foi buscar a foto da filha com o marido e o primogênito. Viu que as imagens estavam desaparecendo. Perguntou:

– Afinal, que sonho foi o teu com Maria Rita?

– Ela estava numa sala – disse ele – vestida toda de branco, sentada ao piano e tocando muito baixinho. Eu pedia que ela tocasse mais alto. As pessoas velhas ouvem pouco. E ela me disse: mas, pai, o senhor é tão moço ainda, mal passou dos trinta. Eu queria dizer a ela que não, que eu estou com mais de noventa e ela ria como se eu tivesse dito uma coisa muito engraçada. Depois rodopiou com o banquinho e veio me dar um beijo e um abraço forte e demorado. Quando terminou, Maria Rita tinha os olhos cheios de lágrima e me disse: é mesmo, pai, o senhor envelheceu tanto nestes últimos anos que eu seria capaz de jurar que a culpa é toda minha, que deixei de envelhecer, por esquecimento.

Dona Conceição recostou-se na parede, ao lado dele – sentia-se quase sem forças em certas horas –, alisou os cabelos despenteados e recordou com aparente indiferença:

– Quando nasceu o Pedrinho, o último, Maria Rita me contou em segredo que sabia quase tudo do seu futuro, mas que não tinha coragem de dizer a ninguém, nem mesmo ao Inocêncio Herédia. Eu pedi que ela me dissesse, pois as coisas que a gente não quer ou não pode dizer a ninguém, podem e devem ser ditas para as mães, que são pessoas que aliviam as dores e o sofrimento só em saber. Pobrezinha da Maria Rita.

– Ela então sabia que ia morrer um ano depois do nascimento do último filho?

– Sabia. E sabia também que um ano depois ia morrer Inocêncio Herédia. Eu cheguei a dizer: que absurdo, minha filha, um rapaz tão cheio de vida, tão forte. Mas ela sorriu daquele jeito que era tão bonito e disse que sabia e pronto. E mais: João Matias também seria chamado por Deus quase junto com os pais e Manuela não chegaria aos seis anos, nem Pedrinho ia completar doze.

– Maria Rita recebia espíritos. Era médium. Alguém do outro lado ia dizendo as coisas para ela e por isso a pobrezinha nunca teve uma palavra de revolta nem de amargura, sempre tão meiga e tão doce.

Fez uma parada para tomar fôlego – ele era de opinião que com a velhice os pulmões vão encolhendo, encolhendo, incapazes de conter mais do que meio litro de ar – e depois confessou:

– Então eu não sonhei com Maria Rita. Ela esteve aqui para alegrar um pouco esta nossa vida. Eu é que não cheguei a perceber bem.

– Só Deus é quem sabe – suspirou Dona Conceição, fazendo um breve sinal da cruz.

Depois levantou-se da cama com certa desenvoltura, repreendeu o marido, os dois ali no quarto quase escuro e lá fora o dia cheio de sol, pois que fossem para o pátio, para a frente da casa; os dois precisavam de ar fresco e da luz do dia. Dom Eleutério passou a mão na cara onde a barba hirsuta ameaçava emaranhar-se, lamentou que não tivesse em casa uma gilete e disse que com a chegada do calor aquilo ia lhe comichar como os demônios. Dona Conceição balançou a cabeça; não seria por falta de gilete que ele deixaria de cortar a barba; tinha na gaveta a sua antiga tesoura Solingen e um velho pente de osso; que fossem lá para fora, ela apararia a barba, deixando-a como se não tivesse nem dois dias.

– Vais me cortar a orelha ou a ponta do nariz – resmungou ele.

– Vamos ver – disse ela, já disposta a meter mãos à obra.

Ele sentou numa velha cadeira, no local onde antigamente teria sido a calçada, queixo apontado para a frente e para o alto, olhos cerrados. Pedia, de gengivas apertadas, que ela tivesse cuidado, pelo amor de Deus não me corta nem me fere, que não temos uma gota mais de mercurocromo ou de qualquer outro remédio nesta casa, nem em casa nenhuma. Dona Conceição mostrava-se muito disposta; resolveu pentear os cabelos esgrouvinhados, e a seguir iniciou o trabalho de corte, desbastando os chumaços de cabelos brancos e finos como teias de aranha. O vento da primavera se encarregava de assoprar as leves mechas e ela tratava de compensar o tremor das mãos com a firme decisão de acabar com a tarefa antes que ele a julgasse uma criatura imprestável.

Quando parou, suspendendo o pente e a tesoura, disse que tudo estava feito e pediu ao marido que passasse as mãos no rosto. Foi o que ele fez, timidamente. Depois sorriu aberto e disse que estava muito grato pelo serviço, pois não sentiria mais o calor do verão que se aproximava, desde que ela pudesse cortar a sua barba todas as semanas.

— Não sei se vou ter forças para tanto — confessou a mulher, deixando cair os braços ao longo do corpo, como se pente e tesoura pesassem em demasia.

— Nenhum corte — exclamou ele admirado, em forma de elogio.

— E nem podia ser de outra maneira — contestou ela —, pois tenho seis anos menos do que tu.

— Lá isso é verdade.

Depois ele procurou um recanto com sombra, o sol estava forte demais, esperou que a mulher fizesse o mesmo e comentou, lembrando o passado:

— Maria Rita nunca aparou a barba de Inocêncio Herédia.

6. HELOÍSA

Sol a pino, Dona Conceição colheu meia dúzia de goiabas, aquelas que se encontravam nos galhos mais baixos, depois um pé de couve roída pelas lagartas, e disse ao marido que ia preparar a couve picada, com um pouco de óleo e sal, como fazia antigamente, só que naqueles tempos temperava melhor a verdura e quebrava um ovo sobre cada porção, e sempre tinha na mesa um prato de arroz, pedaços de carne assada, algumas batatas. Mostrou as goiabas e disse que elas iam servir como sobremesa; estavam maduras e perfumadas, mas que deviam ter cuidado com os bichos.

– No meu tempo de guri, este século nem havia chegado ainda – disse o velho –, eu comia goiaba e nunca reparava nos bichos. Afinal eles são da própria fruta, e, quando a gente pulava cerca para roubar dos vizinhos, quase sempre à noite, não dava mesmo para examinar uma por uma.

– Mas eu não gosto de bicho de goiaba – disse ela.

Dom Eleutério ajudou a mulher a catar gravetos no quintal para acender o fogo, juntou folhas secas e restos de madeira carcomida. A velha preparou o ninho onde o fogo deveria pegar, abriu a caixa de fósforos e disse que não restava mais do que uma dúzia de palitos. Era preciso economizar se quisessem fogo por mais algum tempo.

– Seu Teodoro deve ter uma caixa – lembrou o velho.

Ela prosseguia ajeitando as folhas e gravetos. Tinha medo que não pegassem de primeira, estavam ainda úmidos do sereno da noite. Reclamou do marido que fora apanhar folhas debaixo das árvores onde o sol não conseguia chegar.

– Não podemos pedir nada a Seu Teodoro – disse ela.

– O coitado ainda precisa viajar para qualquer outra cidade depois de cumprir a sua missão. Não vai ser fácil um homem da idade dele sair aí pelas estradas, a pé, enfraquecido, depois de tanto tempo com tão pouca comida.

– Ainda bem que ele não vai precisar abrir nenhuma outra cova – disse Dom Eleutério.

O fogo pegou bem nas folhas secas e logo depois os gravetos estalavam e a chaminé largava uma fumaça densa e escura no dia luminoso.

– Queira Deus que o pobre do Seu Teodoro não veja de lá esta fumaça – disse a velha –, pois senão vai sentir água na boca.

– Ele sabe que temos pouca coisa.

Comeram lentamente, com muita dificuldade, a couve que estava dura e fibrosa. Sentiram o gosto e o cheiro de tempos passados, a gordura pouca amaciando a boca, e o sal que provocava forte salivação. Depois comeram em silêncio as goiabas, catando bichos e chupando as cascas macias. Dona Conceição lembrou que deviam cortar um pouco de capim para a vaquinha que a cada dia parecia mais enfraquecida. Dom Eleutério tranquilizou a mulher: cortara muito capim na véspera e até que a vaquinha não estava assim tão fraca, pois tentara arrombar as velhas tábuas do galpão para sair por aí e só não conseguira por causa dos arames farpados que ele mesmo havia colocado para reforçar a cerca apodrecida. Mesmo assim, foram ainda cortar um pouco mais de forragem e voltaram para casa tão cansados que não tiveram mais ânimo sequer para conversar, última distração que lhes restava.

O velho cochilou na cadeira de balanço, queixo apoiado no peito. Às vezes sacudia o corpo todo num estremecimento súbito. Chegou a roncar, enquanto Dona Conceição cruzava os braços sobre a mesa e recostava a cabeça neles como quem deseja apenas descansar um pouco. Afinal, dormira também. Só quando uma alma-de-gato gritou forte numa ramada alta foi que os dois se mexeram inquietos. A velha estendeu o braço e disse que gostaria de saber que horas eram, mas com precisão, como antigamente, quando as pessoas diziam são três horas, vinte minutos, trinta segundos. Sem relógio, o tempo ficava muito vago e os dias e as noites se arrastavam longos demais. O velho olhou sem enxergar, visão ferida pela intensa claridade vinda da janela aberta, onde podiam perceber apenas o azul do céu e o verde difuso das árvores mais próximas.

– Sonhei com Heloísa.

– Que bom – disse a velha. – Eu não sonho com Heloísa há muito tempo, e até que devia sonhar. Outro dia me lembrei dela quando abri a gaveta da cômoda e encontrei um pedaço de carta que ela mandou para nós, um ano antes de morrer em Porto Alegre, onde dizia que andava muito cansada e desgostosa da vida, que não suportava mais aquele emprego nos Correios e Telégrafos. Queixava-se das varizes e das tonturas, e dizia que era capaz de jurar que nas noites de chuva ou de tempestade ouvia a voz da irmãzinha Teresa, que morrera

em 1918, de gripe espanhola, e que nem chegara a conhecer, a não ser de retrato.
– Teresinha morreu com três anos de idade, meu Deus! – exclamou o velho.

– Pois ainda outro dia me lembrei da coitada da Heloísa, que foi deixando para casar amanhã, para depois, no outro ano, exigindo sempre nos rapazes qualidades que nenhum deles podia ter, a repetir que era uma mulher independente, até que depois dos trinta e quatro jurava que não se casaria mais, que não aguentaria repartir a cama dela com mais ninguém.

– O primeiro namoro, parece que lá por 1934, ela devia ter quantos anos? Uns quinze, tudo escondido, mas a gente sabendo das coisas e deixando. Foi com aquele rapaz que era filho do Dr. Linhares. Como era mesmo o nome do menino?

– Não me lembro mais – disse ela.

– Pois as pessoas diziam que eles formavam um parzinho ideal e que o rapaz tinha muito futuro, já andava se preparando para entrar na Escola de Medicina, o pai com duas fazendas e dono de uma banca de advogado de fazer inveja aos seus colegas da Capital.

– Depois aquele namoro com o tenente da Brigada Militar, que apareceu como delegado de polícia, alegre, brincalhão, boêmio, que fazia serenatas nas noites de verão, tocava piano nas reuniões das famílias, pintava quadros com lagos, pássaros e muitas árvores. Depois se apaixonou pela Heloísa e mandava para ela, a cada dia, um soneto diferente.

– Aí na gaveta, ainda outro dia, encontrei um soneto dele, escrito com uma letra bem desenhada.

– Pois eu até que gostaria de ler esse soneto – confessou Dona Conceição, com alegria.

— Não vai ser fácil encontrar no meio de tanto papel amarelado pelo tempo. Mas espera, eu acho que ainda sei alguns versos, deixa eu ver, parece que começava assim: quem há que corações alheios sonde? quantas vezes a máscara do riso oculta dor latente que se esconde sob a curva de um falso paraíso!

Dom Eleutério fez uma parada tentando rebuscar na memória alguns dos outros versos.

— Não lembras de nenhum outro?

— Sim, acho que sim, um pedacinho mais. Dizia assim: como a rama flórea dos arbustos, onde o perfume se exala de improviso, também viceja do veneno a fronde, limando a ponte de um punhal inciso.

— Tão bonito — suspirou a velha.

— Engraçado é que Heloísa devolvia ao poeta quase todos eles, mas este ficou nos seus guardados e depois que ela morreu veio parar na nossa casa, numa caixa de cartas e recortes. Tudo o mais desapareceu com ela.

— E, depois que o tenente foi transferido, deixando como despedida uns versos muito tristes, falando na dor imensa de um coração ferido, Heloísa ainda teve um outro namorado, aquele rapaz da família Portinho, alto, magro, bem moreno, cabelos rebeldes sempre atrapalhando os olhos, e que era dono de um entreposto colonial que tinha os seus depósitos ali para os lados da Viação Férrea. Ele nos mandava caixas de batatas e de cebolas, e para Heloísa, cestas de frutas e até saquinhos de bombons de Porto Alegre, com cartões coloridos de riachos entre pedras e ramos de flores com fitas de cetim.

— Heloísa tinha quase trinta anos, naquele tempo — disse ele.

— Mas nem o rapaz devia ser muito novo. Até que as pessoas diziam que ele era viúvo e que dera com os costados por aqui por puro desgosto, para esquecer o passado.

— E, veja só, Heloísa não comia os bombons e dava as frutas para os vizinhos — disse Dom Eleutério, passando a língua nos lábios ressequidos.

— Mas afinal — disse ela —, não contaste o sonho.

— É verdade, tanta coisa para lembrar de antigamente, que a gente chega a esquecer o que se passa hoje. Eu disse que tinha sonhado com Heloísa, não foi mesmo?

— Foi o que eu entendi — disse a velha.

— Pois foi. Eu estava juntando gravetos, o dia andava pelo meio, então nossa filha bateu no meu ombro e disse: pai, deixe que eu faço isso; na sua idade as pessoas devem descansar numa cadeira de balanço. Eu disse que não estava cansado, e, mesmo que estivesse, a cadeira estava ocupada por sua mãe. Heloísa disse que eu estava enganado, que tu havias morrido em 1930 e que não havia ninguém na cadeira, que eu podia olhar, e me lembro que fiquei muito surpreso porque vi que ela falava a verdade: a cadeira balançava sozinha, como se um fantasma estivesse sentado nela. Eu fiquei certo de que ela dizia a verdade, ainda mais que estava vestida toda de preto, com o rosto lavado, pele muito branca, e, que coisa estranha, carregava junto dela um menino que eu vi logo ser o nosso Silvério, o pobrezinho.

— Mas ele morreu afogado na festa de Nossa Senhora dos Navegantes, em 1939. Ai, Jesus, como fiquei triste, o corpinho levado pelas águas — disse ela.

— Mas o reverendo nos disse que Deus o tinha levado para o Reino dos Céus e que devia seguir o caminho das águas do rio até desembocar nas águas do mar. Não sei se isso era mesmo verdade. E nem perguntei a Heloísa se o menino que ela carregava pela mão era mesmo o Silverinho. Com os anos, às vezes, a gente esquece a fisionomia dos entes queridos.

– Mas e o resto do sonho? – perguntou a velha.

– Ah, sim, o resto do sonho – repetiu ele, sem ânimo.

– Então Heloísa me afastou com o braço, largou a mão do menino que desapareceu misteriosamente, e começou a recolher gravetos numa espécie de bolsa que fez com a ponta da saia comprida e arrebanhada com uma das mãos, e achei muito estranho que junto com os gravetos ela jogasse no vestido flores e folhagens. E de repente Heloísa estava dentro de um bosque e notei que havia passarinhos nos seus cabelos e que sua pele começava a ficar tão branca como a luz do dia. Aí ela desapareceu.

A velha foi até a janela, espiou para todos os lados, atentou bem para a posição do sol e disse:

– Seu Teodoro já deve estar a caminho aqui de casa. Queira Deus que ele tenha encontrado mais alguns pés de mandioca.

7. SILVÉRIO

Dona Conceição perguntou ao marido se ele não estava com fome. O velho disse que era possível, mas estava se desacostumando aos poucos, e se ela deixasse de perguntar ele era bem capaz de esquecer.

– As pessoas não podem viver sem nada no estômago – disse ela.

– Eu sei. O que quero dizer é que quase não tenho fome.

– Então vamos esperar por Seu Teodoro.

Dona Conceição desconfiou que ele não havia escutado o que dissera. Repetiu em voz mais alta. Ele meneou a cabeça por diversas vezes:

– É verdade, é verdade, vamos esperar por Seu Teodoro. Mas ele já não devia estar chegando?

– Pois é isso mesmo que estou achando estranho. Não demora muito e o sol desaparece de vez. Se bem que ele está acostumado a andar no escuro; conhece o caminho como poucos.

A velha foi para a cozinha e atiçou o fogo. Na chapa quente a chaleira chiava com água fervendo. O velho já tinha trazido a jarra com leite e se queixara de que a vaca não era mais a mesma ou estava reduzindo o leite, coisa muito comum nos animais que vivem longe dos de sua espécie. Ela foi examinar as latas para saber o que havia restado. Notou que tudo diminuía a olhos vistos, e pensou no dia em que elas ficassem vazias e quando não adiantasse acender o fogo a não ser para esquentar a água e ferver numa panela qualquer o que ainda restasse de couve ou para fazer chá de cidró, que eles beberiam sem açúcar. Mas havia ainda farinha de trigo. Abriu a lata e notou que era até bastante, em comparação com as outras coisas. Voltou para a sala e disse para Dom Eleutério, que dormitava de novo:

– Meu velho, acho que vou fazer pão.

Ele não entendeu, arregalou os olhos e colocou a mão em concha no ouvido, perguntando que diabo ela ia fazer.

– Acho que vou fazer pão – repetiu ela.

Dom Eleutério meneou a cabeça e esfregou as mãos caquéticas, ossos quase furando a pele apergaminhada, e disse que nem se lembrava mais do gosto que tinha o pão.

– Um dia – ele começou a lembrar como sempre, olhos perdidos num ponto qualquer –, a preta Maria, que Deus a tenha no alto, fez uma fornada de pão caseiro, daqueles salpicados com erva-doce, e o Silvério, que mal tinha feito os seus sete anos, correu para pegar a forma ainda fumegante e queimou as mãozinhas, fazendo grandes bolhas que depois inflamaram e foi preciso que a gente fosse até Porto Alegre, procurar um médico bom.

– O Doutor Antônio Torrado, português de Aveiros.

– Ele mesmo – disse o velho. – E lá ficamos na casa do mano Ramiro. Naquele tempo ele morava na Rua da Varzinha, larga porta de escada e três janelões com vidros floreados. Todo o mundo se preparava para receber o Presidente eleito, o Dr. Washington Luís.

– Que ano foi isso? – quis saber Dona Conceição.
– Olha, não estou bem certo, mas acho que foi lá por 1926. Isso mesmo, 1926. Até que o Dr. Antônio Torrado festejava a proclamação do General Gomes da Costa, lá na terra dele, e falava com orgulho num tal de Comandante Cabeçadas.
– Foi naquele ano que o tio Ramiro deu ao menino, como presente de aniversário, a coleção do *Tesouro da Juventude*, e que terminou depois ficando mais nas tuas mãos do que mesmo nas mãos do menino.
– Ah, o *Tesouro da Juventude*! Eu nem sei o que seria capaz de dar em troca de um ou dois volumes daquela coleção de livros.
– Que adiantava, se nem óculos tens mais.
– Acho que os teus ainda me servem – fez uma pausa como se visse as coisas do passado à sua frente: – O mano Ramiro, que tinha um crioulo só para polir o seu automóvel Overland, pneus de banda branca, grandes faróis cromados. O sonho dele era ser visto pelo Presidente quando estivesse de colarinho de ponta virada, gravata de seda com pérola espetada, imponente nos seus bigodes engomados.
Dona Conceição suspirou fundo, as lembranças lhe acudiam vívidas, palpáveis:
– Nessa viagem tu me deste uma caixa de pó de arroz Rip e um vidro de extrato francês, e depois fomos assistir a um leilão dos Batista Pereira, na Rua Ernesto Alves, só de móveis antigos de uma daquelas casas grandes, cheias de torreões, da Rua da Igreja.
– Fui com o mano Ramiro – recordava o velho, olhos semicerrados. – O cais fervilhava de gente quando encostou na amurada o navio *Comandante Alvim*, uma flotilha seguindo o

barco, foguetes, Borges de Medeiros recebendo o Presidente, o discurso do Intendente Otávio Rocha. Me lembro como se fosse hoje. A banda de música, contei cinquenta e dois professores, parecia uma orquestra sinfônica. Meu Deus, parece que foi tudo ontem.

– O Silvério, pobrezinho, ficou todo o tempo na janela da casa do tio; ele pensava que o cortejo fosse desfilar por ali e batia palmas com as duas mãos enfaixadas, e não sentia nenhuma dor – disse Dona Conceição.

Como não alimentasse nenhuma esperança de que Seu Teodoro viesse naquela noite, ela disse que era melhor passarem para a cozinha.

– Teria acontecido alguma coisa com ele?

– Acho que não – disse a velha. – Quem sabe uma indisposição, ou pode não ter sentido fome, sei lá, tanta coisa pode acontecer. E depois, Seu Teodoro não é homem de cerimônias.

Ela arrastava as panelas de um lado para o outro, abriu a tampa do forno com a mão protegida por um pano de prato encardido e roto. Depois foi buscar a lata com farinha de trigo, botou água numa tijela e disse que ia tentar fazer pão para aproveitar o calor do forno, lamentando que não tivesse ali nem ovo nem fermento.

– Se a gente comer o pão ainda quente – disse ela –, o pão não chega a endurecer.

– Estou com vontade de sentir o cheiro de pão – disse Dom Eleutério, aspirando o ar da cozinha.

Enquanto ela lidava com a massa pegajosa, o velho procurava rebuscar na memória as coisas mortas:

– Foram muito importantes aqueles dias em Porto Alegre. O mano Ramiro não sabia mais o que fazer para agradar a gente. Comprou entradas para o Cine Guarani, que levava naquelas noites a fita que era a coqueluche da época, *O fantasma da Ópera*, com Lon Chaney.

– Não existiu outro como ele, o Lon Chaney – disse ela, suspirosa.

– Silvério ficou em casa, constipado, nariz escorrendo e olhos vermelhos, a tia lhe dando de hora em hora uma colher de xarope Bromil.

Dona Conceição estava com a massa quase no ponto. Ofegava pelo esforço, e disse que ainda tinha farinha para duas ou três fornadas.

– Tomara que dê certo, ainda mais feito assim com tanta escassez; um pouco de leite, duas colheres de açúcar, algumas gotas de óleo, que nem manteiga existe.

Abriu o forno, tirou lá de dentro panelas e tampas avulsas, passou um pano para limpar um pouco a fuligem que cobria quase tudo e colocou a forma de pão, fechando a portinhola.

– Deus dá nozes para quem não tem dentes, é verdade – disse ela, limpando as mãos no vestido.– Tanto prato, tanta panela, tanto talher, e as latas vazias e eu quase sem usar este forno que é o melhor de todos os que tive na vida.

Ficou mexendo o mingau que cozinhava na chapa quente, olhar fixo na parede encardida.

– Vê só como são as coisas – disse Dom Eleutério, ensimesmado, como se olhasse para dentro dele mesmo. – Anos depois, voltei novamente ao cais de Porto Alegre, mas então para passar quase quarenta e oito horas naquelas amuradas, até que achassem o corpo do Silverinho que havia caído de uma das barcaças na procissão de Nossa Senhora dos Navegantes, a padroeira dele. Só foi encontrado perto da Lagoa dos Patos, a caminho do mar, que seria o seu destino.

– O pobrezinho – exclamou Dona Conceição.

– Com vinte anos, serviço militar tirado, quase noivo, empregado de bom salário, sucesso em todos os bailes, alegre; santo Deus, às vezes eu nem sei o que pensar desta vida, mas até que a gente se conforma. Olha bem aqui, eu a lembrar de tanta coisa e nem uma lágrima para provar a tristeza que estou sentindo.

– Quando Inocêncio Herédia morreu, o Silvério andava pelos seus dezesseis anos – disse a velha –, e o pobrezinho ficou tão desesperado, ele que adorava o cunhado, que eu cheguei a pensar que o menino fosse ficar meio adoidado.

– Para ele, o Inocêncio Herédia devia ser assim como um rei de circo de cavalinhos, entortando barras de ferro e batendo no pulso quanto aventureiro passasse pelo seu balcão. E, me lembro bem, depois daquela desgraça o menino ficou a chorar pelos cantos, como as meninas.

– Febre alta durante a noite – disse ela –, pesadelos que faziam a casa toda acordar, não havia remédio que aplacasse aqueles calores, que tristeza!

Dom Eleutério bateu na mesa, inquieto:

– Acho que não se deve pensar nas pessoas que se foram, dessa maneira. Eles descansam no Reino dos Céus e, se sabem que choramos e nos lamentamos, sofrem também e ficam a penar no limbo.

– Que nos livre e guarde! – disse ela.

Entristecida, abriu o forno e viu que o pão dourava e já desprendia um cheiro gostoso que chegou a entrar pelo nariz de Dom Eleutério: nem posso acreditar, é mesmo cheiro de pão. Depois ele mergulhou no seu abatimento:

— Logo hoje que Seu Teodoro não veio. Deve ter acontecido alguma coisa de ruim com o coitado. Não encontro nenhuma explicação que me sirva.

— Para falar a verdade — disse a velha —, não gostei muito do jeito dele ontem. Sem apetite, sem energia e nada daquele entusiasmo que homem que se preza precisa ter para ser um bom coveiro. Só sei que vai deixar de comer um pão que apesar dos pesares me parece a melhor coisa que se poderia ter feito nestas últimas semanas.

— Já nem me lembro mais do gosto que tem o pão — disse Dom Eleutério.

— O principal é não esquecer o cheiro — disse Dona Conceição, aspirando fundo junto ao forno. — Me lembro de uma vez que estivemos em Porto Alegre. O Silvério era ainda um menino e queria comprar tudo o que via, até que passamos pela porta de uma padaria e todos sentimos o cheiro de pão recém-tirado do forno, e o menino fincou os pés na calçada e disse que dali não sairia enquanto a gente não lhe desse um daqueles pães bem quentinhos.

— É verdade. Agora me lembro do cheiro de pão naquele dia — disse o velho, olhando para longe.

— Então nós entramos — prosseguiu ela, abrindo uma fresta na porta do forno, para espiar — e o menino saiu de lá com um enorme pão d'água, a comer como um esfomeado. As pessoas na rua até que paravam para olhar e se divertiam com aquele menino faminto. E eu bem que sabia que não era só a fome, mas o cheiro do pão que ele comia. E isso ficou dentro de mim como um retrato. Não como esses retratos de álbum, amarelado e impreciso, mas como um desses retratos tirados ultimamente.

Dom Eleutério suspirou, sorveu mais uma vez o ar perfumado pela farinha de trigo assando no forno. Perguntou, vivamente interessado:

– Será que este pão já não está pronto?

8. A NOITE

Dom Eleutério tossia muito e a velhinha não conseguia pensar em alguma coisa que pudesse acalmar os brônquios do marido. Até mesmo o chá de cidró não resolvia mais. Lastimava a falta de tudo. Se Deus botasse ao alcance de suas mãos, dentro de alguns daqueles vidros vazios, algumas colheres de mel, folhas de guaco e de agrião, saberia como preparar uma beberagem toda especial contra aquela tosse irritante que deixava o marido extenuado. Tirou o pequeno tabuleiro de pão do forno, largou depressa o quentume sobre a mesa e foi buscar uma faca na gaveta. Tudo num lento ritual. O cheiro da fornada envolvendo toda a cozinha, os velhos aspirando o antigo perfume que se desprendia do pão. Dona Conceição tratou de cortá-lo em fatias finas.

– Ah, se a gente tivesse um pouco de manteiga – disse ela.

Dom Eleutério não conseguia dizer nada, mas ficou olhando embevecido para o pão e terminou aproximando o rosto o mais que pôde. Seus olhos estavam enevoados, quando notou que o pão murchava. Lembrou à mulher que, se não o comessem logo, pouco ia sobrar para o prazer deles.

– Falta fermento – disse ela. – Mas ninguém pretende guardar este pão para amanhã. Vamos comer logo, afinal é o que temos de melhor no dia de hoje.

Colocou uma fatia sobre a mesa, bem na frente do marido, preveniu que tivesse cuidado, pois estava muito quente. Pegou uma para si e pediu a ele que agradecesse a Deus pela graça de terem pão à mesa.

– Senhor nosso Pai Todo-Poderoso, Te agradecemos a bênção divina pelo pão que nos dá. Amém – disse ele, olhos fechados, mãos postas.

Tocou várias vezes na fatia, como um gato, unhas esticadas, sentindo o calor e vendo se dava para agarrá-la firme, enquanto represava com os lábios murchos a saliva que ameaçava descer pelo queixo. Dona Conceição botou primeiro na boca um pequeno naco e ainda ficou alguns segundos a revolvê-lo com a língua, até que o prendeu entre as gengivas, triturando-o com esforço e avidez. O marido permanecia quieto e curioso, como a esperar que a mulher desse a sua opinião sobre o sabor do pão quente.

– E então?

– É quase como o pão do nosso tempo – disse ela depois de engolir o primeiro pedaço. – Está com medo de comer?

– Não, estou apenas deixando que esfrie um pouco.

– É um pão que deve ser comido logo. Acho que dentro de meia hora ele já deve ficar duro como um pau.

Dom Eleutério decidiu-se, cortou um pedaço com os dedos inseguros, encheu a boca, ficou revirando o corpo estranho entre as gengivas calosas, fazia sinal de aprovação para a mulher que o observava, até que a massa desceu pela garganta, rascante, e ele conseguiu dizer que o pão estava uma beleza: lembrava bem o pão dos velhos tempos. Levantou-se com dificuldade, meteu sua caneca numa panela ao lado e retornou à mesa:

– Um pouco de leite sempre ajuda.
– Fazia falta agora um café – disse ela. – Para a gente não ficar aqui se lamentando, tanto mais que se sabe que há pessoas no mundo em situação bem pior que a nossa.
– Eu sei disso – respondeu Dom Eleutério. – Não estou me lamentando. Mas essa outra gente que há no mundo, e que nem um pedaço de pão tem em cima da mesa, essa gente também nunca teve nos seus guardados um álbum de família como nós.
– Álbum de família? – quis saber ela, curiosa.
– Bem, não se pode dizer que seja mesmo um álbum de família igual a esses que as pessoas têm na gaveta das suas cômodas ou na mesa da sala de visitas. Eu falo das lembranças.

Ficaram silenciosos por alguns instantes, cada um tentando mastigar o seu pão do melhor jeito que podia, enquanto ele abrandava a secura da boca bebendo pequenos goles de leite.

A noite caíra de todo. O vento de primavera amainara e quando algum ruído da rua chegava até a cozinha onde os dois mastigavam lentamente os seus pequenos pedaços de pão, Dom Eleutério apontava com o queixo para os lados da janela e dizia que eram as lebres, tinha certeza de que eram elas.

Às vezes a velha imaginava ouvir as passadas leves do coveiro. Depois se despreocupava dos rumores de fora e esquecia-se de que nos últimos tempos havia sempre três pessoas à mesa, com Seu Teodoro comendo o seu mingauzinho sem alarde, esquivo, lá uma vez que outra deixando escapar os seus cuidados sobre a saúde de ambos. Ele, que mantinha as duas covas abertas e sempre limpas, cobertas com velhas folhas de zinco para que não enchessem d'água quando chovia, cuidando das mudinhas de flores que enfeitariam as sepulturas depois de acabado o seu último trabalho naquela cidade esquecida; e aí, então, ele pegaria sua trouxa de roupas e de poucos utensílios, e abandonaria as ruínas e o passado; afinal cumprira com suas obrigações e poderia dizer, a quem perguntasse, que estava de coração leve e consciência tranquila.

– Seu Teodoro não vem mesmo – disse o velho.

– Era justamente nisso que eu estava pensando – disse Dona Conceição, limpando restos de pão nos cantos da boca.

– Ou está doente ou decidiu ir embora, pensando que a gente pode andar desgostosa por adivinhar que ele está só esperando que se morra.

– Tolice, todos nós vamos morrer, uns primeiro, outros depois. E Seu Teodoro, mais do que ninguém, sabe disso.

– Só fico com pena porque ele deixou de comer pão. Quando o dia amanhecer a massa vai estar dura como pedra.

– Acabou a farinha? – quis saber o velho.

– Ainda não. Acho que dá muito bem para umas duas ou três fornadas, desde que o pão não seja muito grande.

– Então precisamos economizar – disse ele. – Como fizemos tantas vezes durante a Grande Guerra.

– E isso que não era só farinha de trigo que a gente precisava economizar naquele tempo, mas também sal, açúcar, gasolina, querosene e energia elétrica.

– Carne, estás lembrada? Tantas semanas sem um pedacinho de carne – disse ele.

A velha foi até o fogão, remexeu nas brasas e enfiou mais gravetos. Encostou a mão na panela de leite, disse que estava bem quente.

– Vamos comer agora um pouco do nosso mingau?

Dom Eleutério meneou a cabeça; não estava com vontade de comer mais nada:

— Estou é querendo me recostar um pouco, tenho dores nas costas e, depois, se a gente deitar, economiza pelo menos um pouco de querosene.

Então ela afastou a panela da chapa quente, fez o mesmo com a chaleira, ajudou-o a levantar-se e se encaminharam para o quarto, carregando o lampião bruxuleante. Esperou que o marido se deitasse, deixou uma fresta na janela, que o tempo não parecia para chuva, apagou o lampião e deitou-se também, lentamente, extenuada, atenta à respiração opressa do marido.

Seus dedos caminharam pelo lençol puído, levando a mão esclerosada e o braço magro, até encontrarem a mão dele que repousava largada e fria. Pressionou a velha mão do companheiro, como a dizer que estava muito feliz por se encontrarem juntos havia quase setenta anos, apesar da cidade morta e do ruído fugaz das lebres na noite cheia de presságios.

9. TERESA

O sono, afinal, fora carregado pelo vento, e a velha chegou a pensar que não deveria ter deixado a janela aberta; havia muitas frestas nas juntas das tábuas empenadas. E assim era difícil conciliar o sono na longa noite. Sem que o marido dissesse uma palavra, sabia que ele estava de olhos arregalados no escuro do quarto. Chegavam da rua muitos sons estranhos, folhas secas em redemoinho, galhos que se partiam, pios de mochos – eles haviam voltado depois de longa ausência –, areia grossa atirada de encontro às velhas telhas, e as patinhas serelepes das lebres (ele era capaz de jurar que eram lebres) em corridas sem destino por entre as ruínas da cidade morta.

– Não consegues dormir? – disse Dom Eleutério.

– O sono deve ter ido embora.

– Acho que o meu, então, deve ter fugido com o teu, mas não faz mal, o único problema é que a noite dobra de tamanho.

Um galho maior despencou da figueira e por um momento temeram que o frágil telhado fosse cair na cabeça deles. Mochos e lebres, assustados, sumiram por algum tempo. Naquele instante ela imaginou ver no quarto, abrindo-se como um leque, o álbum de família, visto por seus olhos embaciados que rebuscavam no passado distante visões de claro-escuro, pinceladas de cor ali e aqui, vozes e risos, imprecações e doces palavras de ternura.

Agora, os dois, sem mesmo saber por quê, se lembravam da morte da filha Teresa, com três anos de idade, em 1918, levada pela gripe espanhola. O governo mandara abrir valas comuns nas ruas para sepultar centenas e centenas de mortos, numa sequência de desgraças que a todos terminou por deixar insensíveis. Ninguém mais conseguia chorar, que o fim do mundo afinal chegara. Mas o pensamento daqueles dias trágicos passou com a velocidade do próprio vento, e nem caberia um retrato de morte no álbum alegre das crianças, dos filhos e netos, dos amigos, dos piqueniques, das festinhas de aniversário, dos passeios, dos grupos divertidos fotografados pelos lambe-lambes dos parques e praças.

– Lembro que em 1916 Teresinha deu o seu primeiro passeio de jardineira com o pai – disse Dona Conceição, com voz que lembrava alguns tons cristalinos da garganta moça.

– Ora, me lembro tão bem como se fosse hoje. A gente morava em Porto Alegre, na Rua da Margem. Saímos por ali, no meio da poeira, a rua ia acompanhando as voltas do Riacho, eu ia abanando para os amigos que estavam na porta das casas ou que surgiam nas janelas baixas. Todos sabiam que era a primeira viagem da menina. Foi naquela época em que inauguraram o Petit Casino, com tanta lâmpada que ninguém acreditava que não fosse haver uma explosão naquela caixa de luz. E numa noite isso aconteceu – disse ele.

– Mas nessa noite a gente não estava lá.

– É verdade, a gente não estava lá. Soube depois que eles iluminaram a cena com gás carbônico e tudo continuou como se nada houvesse acontecido. Era uma peça de Cláudio de Souza.

– Eu arranjo tudo – disse ela, lembrando-se do nome da peça.

– Isso mesmo. Naquele tempo eu fumava cigarros Lord e, sempre que Teresinha pegava um resfriado e tossia muito, o remédio era Peitoral Indiano.

Dona Conceição sorriu enlevada, no escuro. Ao lado da cama onde agora se encontravam os dois, insones, ela revia, com rara nitidez, o marido sentado numa grande cadeira de espaldar alto, entre os amigos de sempre: o bacharel Hipólito dos Santos, mulato escuro de alvos dentes e gengivas vermelhas; o contador da fábrica de esquadrias, Guilherme Garcia, amasiado com uma preta, que ele escondia em casa durante o dia e só deixava sair, às vezes, à noite, para que ninguém descobrisse seus amores secretos, mas que todos conheciam em minúcias; o fotógrafo Romildo Lopes, que costumava levantar o copo espumante de Cerveja Negrita, dos Irmãos Bopp, para saudar o preclaro Dr. Antônio Augusto Borges de Medeiros, Presidente do Estado, e logo a seguir sofrer a contestação do guarda-fios dos Telégrafos, Estêvão Menendez y Menendez, maragato de quatro costados, que saudava o eminente Dr. Assis Brasil, inimigo dos republicanos.

– Eu estou vendo aquela roda de cerveja – disse ela – que reunia os amigos no alpendre da nossa casa da Rua da Margem: o Estêvão fazendo brindes e brindes ao Dr. Assis Brasil...

– E o Romildo erguendo o copo pela saúde do Dr. Borges. O fotógrafo, desinfeliz, tinha um sexto sentido, parecia adivinhar a Revolução de 23, quando o governo não quis reconhecer a candidatura do Dr. Assis Brasil à Presidência do Rio Grande.

– Quando nasceu o João Matias – disse a velha – o Dr. Assis Brasil tinha ido pela segunda vez para Buenos Aires, como Embaixador. Estêvão nem chegou a ver isso, o coitado, morto daquela maneira na Revolução de 30.

– Um ano antes de Teresinha ser chamada para o céu, o nosso anjinho; deixa eu ver, acho que foi em 1917 – disse Dom Eleutério –, eu te dei de aniversário o romance *A Duquesa de Martell*, de Perez Escrich.

– Até parece que estou com ele agora, nas mãos. Eu só tinha tempo mesmo para ler depois que todos se deitavam e dormiam, e era quando eu podia chorar de emoção.

Fez uma breve pausa, insegura, voz trêmula:

– Ninguém mais escreve livros como Perez Escrich.

O vento amainara um pouco e eles ouviram nitidamente o baque surdo de algo muito pesado.

– Deve ter caído o resto do muro dos fundos da Prefeitura – disse Dom Eleutério. – Ele estava cai-não-cai.

Calou-se, enquanto a mulher permanecia silenciosa, às voltas com as folhas invisíveis de seu álbum. Depois disse:

– Espero que esta casa não desabe antes de nós.

– Tenho certeza que não – tranquilizou ela. – Nós estamos bem mais fracos. A não ser que Seu Teodoro encontrasse um meio de apanhar algumas lebres de vez em quando, mas ele se tornou vagaroso com a idade; o pobre anda tão fraco que tenho cá as minhas dúvidas se ainda vai ter força para pegar a pá e jogar terra em cima da gente.

– Quando a nossa hora chegar, minha velha, só quando a nossa hora chegar – disse ele, com certa indiferença.

Calaram-se, e parecia que tudo dormia. Teresa reapareceu para brincar junto aos pais e vestia uma roupinha branca de rendas e grande gola – gola parisiense, da Casa Sloper, relembrou Dona Conceição –, e sua vozinha cristalina confundia-se naquele momento com os ruídos de fora, a brincar com suas bruxas de pano, de longas pernas, como naquele dia santificado da Assunção de Nossa Senhora, sem saber que havia guerra no mundo, a filha cavalgando as pernas do pai na mesma hora em que os soldados se matavam e na cidade as comissões cívicas de moradores exigiam que as coisas não tivessem mais nomes alemães; quando a turba arrancou a placa do antigo Hotel Becker e logo depois era pregada outra placa em seu lugar: Hotel Rio Branco. Morria, amedrontado, o Ruder Verein Freundschaft e, das suas cinzas, renascia um outro clube, o Grêmio Náutico União, bandeira verde-amarela tremulando no topo dos mastros, o Hino Nacional executado pelas bandas móveis que percorriam as ruas e praças.

– Naquela época eu achava que a nossa filhinha estava tuberculosa. Tão branquinha e frágil, aquela tosse que se ouvia na casa toda e varava as paredes, o medo silencioso dos irmãos, o pânico que nos amargurava – disse Dona Conceição.

– Eu até cheguei a pensar naquele caso de um pobre--diabo de Encruzilhada, que declarou aos jornais que estava ficando bom da tuberculose, porque depois de cada hemoptise bebia uma colher de querosene.

– E terminou morrendo queimado por dentro – disse ela.

A menina parecia correr agora por entre os canteiros da horta, alvoroçando patos e galinhas, o pai rindo muito das travessuras da filha, meio tonto, a rodopiar também; a mãe sobressaltada com os pequenos arranhões e cortes, lavando com água da guerra para evitar o tétano, e Dom Eleutério a dizer que tudo aquilo era bobagem, que deixasse a natureza em paz, que o anjo da guarda curava os ferimentos e infecções. Ele engoliu em seco: sabia adivinhar os pensamentos da mulher. Estava certo de ter ouvido Dona Conceição dizer: cuidado, Teresinha, com essa cerca de espinhos. Mas era bem provável que ela não tivesse dito nada. Comentou:

— E veja, quando chegou a gripe espanhola, foi justamente sobre ela que recaiu o dedo de Nosso Senhor Jesus Cristo.

Parecia um caso isolado, ninguém até então adivinhava o que estava por vir, e foi até melhor que ninguém soubesse.

A menina chegara na porta e sua silhueta estava recortada por uma estranha luz que vinha de fora, mas eles enxergaram distintamente seus olhos azuis e seus cabelos encaracolados, o vestidinho leve e transparente de rendas, a voz nítida na sua algaravia, tudo aquilo que tornava os dias de então maravilhosos.

Dom Eleutério fez um esforço demorado para levantar--se e correr para abraçar a filha miudinha, desprotegida naquela noite de ruídos pressagos. E se uma lebre avançasse sobre ela e a devorasse como uma pequena muda de pinheiro-manso? Dona Conceição pediu que ele se aquietasse, a filha já se fora com o vento que assoprava assanhado e até que ela já podia ver pelas frinchas das paredes que a madrugada estava a caminho, na hora exata em que o dia costumava fechar as páginas do seu velho e terno álbum, carregando para o seio da terra todas as lembranças das longas noites em que se imaginavam perdidos num canto de mundo.

— Estou ainda preocupada com Seu Teodoro — disse ela.

— Pensei nele ainda há pouco — confessou o velho. — A gente precisa ir até lá, assim que o dia clarear e o sol comece a secar a umidade que cai do céu durante a noite.

– É uma caminhada muito longa.

– Caminha-se devagar, ninguém tem pressa. Leva-se uma terrina de leite para ele, quem sabe mesmo uma sobra de pão.

– A estas horas o resto de pão virou pedra. Estou pensando outra coisa – disse ela. – Vou levar farinha, sal, óleo e assar no próprio forno da casa dele um outro pão novo e fresquinho.

– Tudo isso – disse o velho, buscando a mão da companheira – enquanto houver bastante sol, enquanto a noite não chegar.

Ele notou, então, que estavam muito sós.

10. MADRUGADA

— O sol deve estar a um palmo do horizonte – disse Dom Eleutério, abrindo a janela de par em par, aspirando fundo o ar da madrugada. Tinha as costas doídas da noite insone, a garganta seca e contraída, os olhos enxergavam apenas a difusa e escassa claridade da manhã que se anunciava. Perguntou à mulher quando terminava a noite e começava a manhã. Dona Conceição não entendeu a pergunta, mas disse que aquele pedaço de tempo entre a noite e a manhã podia ser chamado de madrugada. Ele aproximou-se da cama, perguntou se a mulher precisava de ajuda para levantar-se, estendeu as mãos que foram logo agarradas e, de respiração entrecortada, conseguiu mesmo ajudá-la a pôr-se de pé, vencendo um orgulho inexplicável desde os tempos em que era moça e a ajuda não passava de um carinho indireto para reafirmar o amor entre eles. Mas o peso dos anos a puxava para o centro da Terra e, quando o dia mal começava a clarear, Dona Conceição precisava primeiro vencer a fadiga do descanso, depois exercitava os dedos engelhados até o escasso sangue infiltrar-se pelas veias, bombeado por um coração extenuado.

Dom Eleutério disse que naquela manhã ele tiraria o leite da vaquinha. A mulher preveniu que o leite estava escasseando. Ou o bichinho estava mesmo preguiçoso ou não tinha mais nada que dar.

– Seu Teodoro, posso jurar, é bem capaz de sugerir que se carneie a pobrezinha – disse ele.

– Carnear a Beleza? E eu pergunto: de que serve carnear o animalzinho se a gente não tem gelo para conservar a carne e nem dentes e nem estômago para comer ela em dois dias?

– Lá isso é verdade – concordou o velho, já sentindo na boca o gosto da carne fresca.

Dona Conceição tirou umas canecas de água da cisterna e tratou de lavar o rosto na bacia de ferro esmaltado. Depois passou a mão molhada pela parede e não encontrou a toalha que ali ficava todos os dias, dependurada. Perguntou ao marido pela toalha e ele disse que na noite anterior havia se utilizado dela para enxugar as mãos antes de comer o pão que sairia do forno. Foi até a cozinha e voltou de lá com ela.

– E não vais aproveitar para tirar a noite da cara? – perguntou a velha, enquanto se enxugava.

Ele não entendeu e foi sentar-se na cadeira de balanço. Sentia uma dormência nas pernas, um peso maior no baixo--ventre, um princípio de sono que não se entrosava com a madrugada que nascia fresca.

– O tempo está com jeito de chuva?

– Não – disse a velha. – O dia vai ter sol. Quando a chuva anda por perto a gente não vê coisa nenhuma, mas sente o cheiro do pó.

– Isso mesmo, cheiro de terra molhada. Como naquele ano em que o Borges de Medeiros tomou posse para o seu quinto mandato. Junto com o cheiro de terra molhada, o cheiro de pólvora. Até que chovia muito quando os políticos se tocaram para Pedras Altas; eles queriam saber do Dr. Assis Brasil o que fazer, com eleições roubadas, defuntos votando, soldados de baioneta espetada nas costas dos eleitores. A Heloísa, menina ainda, a choramingar pelos cantos da casa, adivinhando passarinho verde.

– Heloísa era muito sensível, a pobre da nossa filha.

– E adivinhou a revolução. Meninos de treze anos pegando em armas ao lado dos Libertadores, em Pelotas. Lá em Passo Fundo a arruaça dos policiais assassinos. Bem que a Heloísa adivinhava as coisas e quem sabe não teria sido por isso que nunca chegou a casar e vivia como uma freirinha entre os seus doces e salgadinhos para atender às encomendas de festas, batizados e casamentos.

– Tinha mãos de fada – disse Dona Conceição.

A velha procurava descobrir um indício mais positivo do nascimento do sol, mas a noite persistia ainda.

– Naquele ano da revolução eu não perdia um capítulo do folhetim *Dramas do regimento*. Só não me recordo do nome do autor.

– Era um francês – disse ele para ajudar.

– Isso, o primeiro nome era Júlio ou Jules, não me lembro mais. E as fitas, meu Deus, como eram boas. Não posso esquecer o Hot Gibson, aquele mocinho maravilhoso do nosso tempo.

– A gente ia ao Cine Palácio, ao Apolo; te lembras do Apolo, ali quase defronte da Santa Casa de Misericórdia de Porto Alegre?

– Era só o que faltava eu não me lembrar onde ficava o Cine Apolo.

Ele esfregava pausadamente as mãos nodosas. O passado ressurgia com nitidez, não mais como fotos, mas como num filme em preto e branco, onde as pessoas e a natureza tinham vida própria e falavam e sorriam, e o som dos seus passos e o metal de suas vozes eram agora audíveis, como se estivessem naquele momento dentro da casa deles, participando daquele lento e arrastado fim que chegava com tranquila naturalidade.

– A gente ia à Praia de Cidreira; os cômoros invadindo as casas, o mar bravo, as crianças rolando na espuma salgada que lavava a areia – disse ela, procurando avidamente divisar a primeira luz do novo dia.

– Carnaval com lança-perfume Rodo e Rigoleto, os desfiles de carros alegóricos, a tragédia do Zona-U, meu Deus do Céu, como essas coisas parecem tão vivas agora, depois de tanto tempo – exclamou o velho.

Perguntou pela madrugada. Disse que às vezes temia a cegueira e mesmo nascendo o dia ou com o sol alto no horizonte tinha medo de não enxergar nada. E pensar que outros também esperavam o dia! Dona Conceição notou apenas que o vento aumentava de velocidade. Depois tranquilizou o marido, ela também não estava vendo a claridade da madrugada; por qualquer motivo que não sabia explicar, tudo parecia atrasado naquele dia, como se a noite não fosse mais acabar.

– Chega um dia em que a luz nunca mais chega e a noite passa a ser eterna – disse Dom Eleutério, suspirando.

– Não vejo motivo para a gente ficar triste e deprimida – disse a velha espiando mais uma vez pela janela. – Afinal, nós já vimos mais coisas do que milhares de pessoas jamais tiveram oportunidade de ver. Faz as contas nos dedos de todos esses anos, multiplica pelo número de meses, depois pelo número de dias e aí é que se vai notar os desígnios de Deus. Pensa bem – insistiu ela – o quanto seria bom se os nossos filhos tivessem sobrevivido, os nossos netos e os nossos amigos.

– Mas eu já não posso ver muito claramente as coisas que me rodeiam e, se não me faz falta ver uma cadeira, uma mesa, o telhado da casa ou o fogão na cozinha, o mesmo não posso dizer das árvores, do céu azul com o desenho das nuvens, os pássaros. Sabe, eu tenho medo de não ver mais nada. Nesses momentos eu me lembro de Seu Teodoro, e peço a Deus que ele possa cumprir com a sua missão o quanto antes.

– Quem deve decidir isso é Deus – disse ela, sem muita paciência. – E não gosto de ver as pessoas fortes a se lamuriarem como crianças perdidas numa noite escura.

– Não, palavra que eu não me sinto assim; eu só estava pensando em voz alta – exclamou Dom Eleutério.

E ficou alegre quando notou, em primeiro lugar, a claridade que vinha do nascente. Chamou a mulher, que acorreu pressurosa e logo concordou com o marido: sim, era mesmo a manhã que chegava e, por mais que os dias parecessem longos demais, o sol era reconfortante e necessário.

Dom Eleutério foi tirar o leite matinal, enquanto Dona Conceição catava gravetos para acender o fogo; e só não cantarolou alguma velha canção do passado, porque sua garganta estava seca e dolorida, e depois não ouvia o cacarejar de galinhas, o canto do galo que há muito tempo não dava sinal de vida para anunciar o dia nem o trinado dos pássaros que antigamente pulavam pelos galhos das grandes árvores do quintal.

Retornando à cadeira de balanço, Dom Eleutério não conseguiu esconder a sua preocupação:

– Alguma coisa deve ter acontecido a Seu Teodoro; queira Deus que não tenha apanhado uma doença qualquer. Ele tem um coração muito fraquinho.

– Não diga uma coisa dessas. Um homem que cava a terra para abrir sepulturas há sessenta anos, e que ainda tem dois braços fortes de boxeador, não pode ter coração fraco – disse ela, remexendo na panela sobre o fogão, que soltava muita fumaça.

– Por que será então que ele não veio ontem, se precisava comer como qualquer vivente?

– Não sei, não tenho o dom de adivinhar. Mas, se tu pensas que eu não estou preocupada, estás redondamente enganado. Tanto assim que estou disposta a ir até lá fazer uma visita para o pobre.

– Eu vou junto. Não está nada fácil caminhar pelo meio dessas ruínas todas – disse ele, com ar de quem não quer ser contrariado.

– Vou levar uma terrina cheia de leite.

– E pão feito na hora.

– Não dá, eu já disse, a gente custa a chegar na casa dele e este pão termina chegando lá duro como um tijolo.

– Então não se leva o pão – disse ele.

– Vamos levar leite e farinha, azeite, açúcar e sal, e se prepara o pão no forno da casa dele.

Dom Eleutério sorriu, imaginando a cara de alegria de Seu Teodoro ao ver os dois chegando com tudo aquilo, ele que devia estar com uma fome de roer as entranhas. Disse para a mulher que seria bom saírem de casa logo depois que o sol ficasse a pino, a tempo de retornarem ainda com a luz do dia, antes que a noite chegasse, pois temia perder-se por entre as ruínas e o mato ralo que nascera entre as pedras gastas das ruas, entre o correr das lebres endiabradas e sob o vento fresco da primavera.

    Tomaram um chimarrão com erva aproveitada e erva nova, sem que a água estivesse muito quente, para não queimarem os lábios ressequidos. O mate amargo lavava a garganta e aquecia o estômago enfraquecido, que por sua vez reativava o sangue nas veias e era quando eles sentiam a mente fresca e rejuvenescida.

    – Engraçado – disse Dom Eleutério devolvendo a cuia para a mulher. – Quando a água quente chega no estômago a gente tem a mesma sensação de quando o sol aparece no horizonte e termina a madrugada.

    Ela parecia não escutar. Encheu mecanicamente a cuia com mais água quente, chupou no bocal da bomba, com esforço, e ficou pensando na alegria de Seu Teodoro diante de uma grossa fatia de pão bem quentinho, recém-tirado do forno. Lembrou ao marido:

    – Quando a gente for à casa dele, convém não esquecer a caixa de fósforos. Eu mesma vou apanhar gravetos e lenha para esquentar o forno, enquanto tu conversas um pouco com ele.

    Notou que o marido estava absorto a olhar pelo vão da janela entreaberta, e quis saber se havia alguma coisa estranha lá fora. Ele meneou a cabeça:

    – Nada, não. Às vezes a gente olha para essas ruínas todas e não consegue deixar de ver as pessoas andando pelas calçadas, os carros para lá e para cá, as crianças a caminho do colégio e no meio delas os nossos filhos e os nossos netos.

— Toma mais um mate – disse ela, um pouco perturbada.
— Comigo se passa a mesma coisa. Ainda ontem eu cheguei a preparar a bolsa de aula de Heloísa e vi o Adroaldo e a Maria Rita de mãos dadas, correndo pela calçada; eu abanando da janela, sei lá, acho que não era um abano, devia ser adeus mesmo, é isso, agora eu sei que era um adeus.

Foi quando ele confessou que tinha diante dos olhos um espesso e incômodo véu e que as coisas que ele imaginava ver na rua não eram senão lembranças que desfilavam apenas por dentro dos olhos sem muita luz.

A velha disse que a fumaça do fogão estava muito forte e que era por isso que tinha os olhos marejados.

11. O PÃO

Era uma cidade desconhecida. Dom Eleutério carregava com mil cuidados a terrina de leite e a velha não se cansava de olhar para todos os lados, sacola de papel apoiada de encontro ao corpo magro e recurvado, onde levava o pouco de farinha que sobrara, açúcar, uma latinha com sal e um pequeno vidro de remédio cheio de óleo de cozinha.

Havia nos olhos do casal um certo espanto diante das ruínas por que passavam, o mato de dono dos antigos terrenos murados, as casas sem telhado, os olhos cavos das janelas vazias, o inço formando um tapete espesso que de há muito engolira ruas e calçadas. A velha praça central invadida pelo emaranhado de urzes e de arbustos e, como o grande contraste, o infinito céu azul sem nuvens, transparente de luz, o mesmo céu de tempos idos. Trôpegos, eles avançavam timidamente, como quem atravessa uma cidade desconhecida e hostil.

– Sempre tive medo de cobras – confessou a velha.

– Aqui não tem cobra nem bicho nenhum, a não ser as lebres, que na verdade eu nunca vi, ou os mochos que não gostam da luz do dia.

Olhos baços, Dom Eleutério teve a impressão de que enxergava pessoas amigas que passavam por ele e o cumprimentavam; via as lojas de portas abertas e as vitrinas enfeitadas; a farmácia com Seu Fortunato atrás do balcão, largos suspensórios segurando as calças folgadas; o Sargento Domício montado no seu cavalo baio; Dona Zenaide debruçada na janela azul, grandes seios derramados sobre o peitoril, olhos sombreados de verde, tentando pescar no riacho de gente que desfilava com lentidão alguém com quem ela pudesse juntar as mãos diante do padre e acalmar os seus calores que pareciam mais fortes com o passar dos anos.

– As pessoas sensatas não falam sozinhas – disse Dona Conceição, ao notar que o marido dava ligeiras paradas e seguia com a cabeça pessoas invisíveis.

A bandeira nacional tremulando no mastro da Prefeitura recém-pintada de rosa, com florões em branco; a central telefônica, com Dona Florípedes à mesa, na algaravia de sempre, alô, um momento, tem demora, ninguém atende, presa às conversas de ponta a ponta, aos mexericos e segredos, a sua importância pelo que poderia saber, desde os amores adulterinos aos negócios inconfessáveis. O salão de bilhar, com os desocupados bebendo cerveja nas tardes quentes de verão, em disputadas apostas com palavrões que ressoavam de lado a lado da praça de árvores apinhadas de pássaros, num chilreio estonteante. Os doentes em fila à porta da Santa Casa e até o cheiro adocicado de pomadas e desinfetantes. O Grupo Escolar de onde saíam bandos de crianças numa zoeira que enchia de vida e garridice a cidade mormacenta que se deixava morrer, sem remédio nem cura.

– A continuares assim, de cabeça no ar, o mínimo que pode te acontecer é quebrar uma perna, no meio de tanta pedra solta por aí – disse ela.

Dom Eleutério tratou de equilibrar a terrina, antes que derramasse o leite que levavam para o coveiro. Agora, Heloísa caminhava ao lado deles, arfando. Ele quis dizer para a filha que não devia ter saído da cama, o médico da Santa Casa recomendara repouso absoluto, era pneumonia. A filha tinha o rosto translúcido e a pele parecia a de uma menina de quinze anos, mas transmitia no sorriso contraído uma profunda tristeza (pai, é muito triste uma pessoa morrer aos quarenta anos). Dom Eleutério quis saber se a mulher, que ia à sua frente, teria visto a filha ali junto deles, no bulício de uma cidade que às vezes ele nem chegava a reconhecer. Dona Conceição, porém, prosseguia insegura no caminho traiçoeiro, sempre agarrada ao saco de papel com seus tesouros. Ele via, agora, o Prefeito passando no seu Overland de banda branca, abanando discretamente como convinha a uma autoridade eleita pelo povo. Dom Eleutério lembrou-se que os correligionários dele preparavam a grande festa cívica em homenagem ao Dr. Washington Luís, que acabara de ser eleito Presidente da República.

 Estancou para que Heloísa pudesse alcançá-lo, tentou dizer alguma coisa para a mulher que prosseguia tensa, mas o vento levara as suas palavras e ele sentiu, de maneira estranha, o fato de a mãe nem sequer notar a presença da filha que havia tantos anos morrera e que agora se fazia presente no bulício da cidade que parecia renascer.

 — Lá está o portão do cemitério — disse a velha, apontando para a frente.

 — É verdade.

 Ele viu quando a filha apressou o passo e correu na direção do grande portão de ferro entreaberto, desaparecendo. Eles se aproximaram da entrada, respeitosos. Ladeando o portão, dois pilares de pedra lavrada, encimado por um frontispício de granito onde ainda se podia ler, em baixo-relevo e corroída pelo sol, pela chuva e pelos ventos, a frase – *Memento, homo, quia pulvis es et in pulverem reverteris* – repetida sempre pelo padre, em todas as quartas-feiras de cinzas, ao fazer o sinal da cruz sobre a testa dos fiéis.

Ao fundo, em nítida silhueta recortada pelo céu luminoso da tarde, o torreão da capela de mármore que guardava os restos mortais do benemérito Coronel Onestaldo Garcia Quesada Jiménez, chefe de numeroso clã que dominara toda a região, desde que passara por ali Rafael Pinto Bandeira, demarcando terras e preenchendo escrituras em seu nome.

Ao passarem pelo portão enferrujado e de gonzos carcomidos, Dona Conceição parou, encostou-se no pilar, cansada, e fez o sinal da cruz:

– Que todos estejam no seio do Senhor!

Dom Eleutério seguiu o exemplo e disse que precisavam atravessar aqueles caminhos compridos, pois a casinhola de Seu Teodoro ficava junto ao muro dos fundos, ligada ao campo-santo por uma fresta na amurada. Ao contrário da cidade, tudo ali deixava entrever a mão caprichosa de alguém; sepulturas caiadas, caminhos sem inço e de seixos luzidios, flores e folhagens, mármores polidos, lápides bem legíveis. Dom Eleutério mostrou uma delas:

– Olha aqui, Conceição, a sepultura de Dona Sinhá Vasconcelos, madrinha do Adroaldo.

Leu com dificuldade, aproximando o rosto da pedra: Saudades Eternas dos que Te Amaram, 1887-1937. A velha passou a mão sobre a cruz de metal, demoradamente:

– A minha melhor amiga.

– Eu só peço que Adroaldo esteja com ela, lá no alto – disse o velho, retomando o caminho para afugentar lembranças que o entristeciam.

Dona Conceição seguiu o marido por aqueles caminhos limpos e tortuosos, sentindo no coração uma paz que só podia vir do reencontro com seus entes queridos. Queria chegar ao término da longa caminhada. Seus pés malcalçados ardiam como se pisasse em brasas e tinha os olhos cegados pela luz do sol, a garganta seca e o peito dolorido.

– Ali está a casa de Seu Teodoro – disse o velho, avistando por sobre o muro o telhado de zinco do pequeno barraco.

Atravessaram a fresta no muro que fazia as vezes de portão e viram que tudo estava deserto. O telheiro sobre o forno de tijolos quase ruindo; lascas de mármore e de granito espalhadas em pequenos montes pelos arredores; a casinhola de porta e janela, meio guenza, dando a impressão de que uma rajada mais forte de vento jogaria tudo ao chão. Dona Conceição notou um banco de madeira queimada pelas intempéries e sentou-se, já sem forças. Descansou o pacote sobre ele, limpou a testa de um suor frio que a incomodava, e suspirou fundo.

Dom Eleutério, preocupado com alguma coisa, largou ao lado do pacote a terrina de leite e seguiu, cambaleante, na direção de algo que a velha não sabia bem o que fosse.

– Mas não pode ser, meu Deus do Céu! – disse ele, com voz embargada.

– Não pode ser o quê? – quis saber ela.

– Vê aqui as nossas sepulturas com telheiros de zinco contra as chuvas, mas do lado de fora do cemitério, como se a gente não merecesse um descanso cristão.

– Aqui do lado de fora?
– Eu não estou mentindo, vem ver com os teus próprios olhos.

Quando ela chegou, teve de apoiar-se no braço do marido, pernas trêmulas, e ali ficaram os dois, olhos muito abertos, recusando-se a crer no que viam.

– Seu Teodoro vai ter que nos dar explicações – disse ele, sacudindo a cabeça.

Retornaram até a casa, empurraram a porta de duas folhas, madeira enegrecida pelo tempo, e só viram a escuridão.

– Seu Teodoro! – chamou Dom Eleutério, desconfiado de que não havia ninguém dentro de casa.

Dona Conceição repetiu o chamado e forçou a outra folha, fazendo com que um pouco de luz clareasse o chão de terra batida. Vislumbraram um pequeno armário, algumas caixas quebradas, coroas prateadas, e a um canto, bem no fundo, algo que poderia ser um catre e de onde surgiu uma voz débil dizendo: estou aqui, entrem, foi Deus quem mandou os meus amigos.

Dom Eleutério tateou angustiado a parede irregular, até encontrar uma janela. Forçou uma tramela e finalmente abriu os postigos, fazendo luz na peça embolorada. Viram o homem estendido no catre a cobrir os olhos com as mãos grosseiras, buscando proteção contra a luminosidade do dia. Estava com suas velhas calças rotas e a camisa sem cor nem idade.

– Mas afinal o que se passa, Seu Teodoro? Deixando a gente preocupada por não ter aparecido ontem à noite. Está doente? – quis saber Dona Conceição.

– Nesta idade a gente está sempre doente, Dona Conceição. Mas desde ontem de manhã que eu não consigo sair da

cama e todo o corpo me dói como se um carro de bois tivesse passado por cima de mim.
Dom Eleutério aproximou-se. Queria enxergar melhor o homem na sua cama. Sentiu no ar um cheiro acre de urina. Não teve coragem de estender a mão e tocá-lo. Disse que ele devia estar muito enfraquecido e que todo o seu mal era falta de alimento no estômago.

– Não é, não, Dom Eleutério, eu nem tenho fome. Não consegui pregar olho durante toda a noite, não conseguia me levantar e sei que tinha ladrão aí fora, depois quero saber se não me levaram cruzes e lápides.

– Ladrões por aqui? – estranhou Dom Eleutério.

– Ninguém anda mais por esta cidade – disse a velha. – Eu acho que o senhor está com febre e, quando isso acontece, a gente vê coisas que nem existem.

– A senhora vai me desculpar, não quero desmentir ninguém, mas posso jurar que os ladrões andaram aí fora durante a noite toda.

Fez uma pausa, respirava com dificuldade, suas mãos tateavam as cobertas, como se procurasse alguma coisa.

– Desculpem incomodar, mas não trouxeram um pouco d'água?

– Leite. Trouxe um pouco de leite – disse Dona Conceição, com muita pena dele.

– Muito obrigado, que Deus proteja a senhora – disse ele, emocionado. – Eu só quero mesmo um gole para umedecer a garganta.

Esticou o braço e apontou para um canto da saleta:

– Ali tem um banco, sentem-se por favor, a caminhada deve ter deixado os meus amigos exaustos, e ainda mais com o sol que faz. O banco está mais para aquele lado, ali, isto mesmo.

Dom Eleutério disse que ia buscar a terrina e saiu para o dia esplêndido de claridade, com perfume de flores pelo ar fresco.

– Além do leite – disse a velha –, eu também trouxe farinha e outras coisas para fazer um pão fresquinho aqui no forno da sua casa.

– Pão? – perguntou ele, incrédulo, levantando a cabeça por um breve instante.

– Pão, sim senhor. Ontem à noite fiz um, no forno do meu fogão, e o senhor nem apareceu. Precisava ver como estava gostoso.

Dom Eleutério voltara. Descobriu sobre uma pequena mesa uma caneca de folha, assoprou dentro para tirar o pó e derramou nela um pouco do leite grosso e enatado. Aproximou-se do catre malcheiroso e estendeu a caneca, logo segura por mãos trêmulas. Dom Eleutério ainda o ajudou a erguer o corpo. O homem conseguiu beber um gole só. Depois deixou cair a cabeça no que parecia ser um travesseiro, tossiu fraco e disse que não adiantava, sua garganta estava quase fechada.

Dona Conceição levantou-se do banco, resoluta, fez um grande esforço para demonstrar ao velho doente que as decisões, a partir daquele momento, seriam todas dela, como sempre havia feito no tempo dos seus filhos e netos.

– Tenho aqui os fósforos, vou arranjar uns gravetos e esquentar o forno para fazer pão para todos nós.

Virou-se para o marido, que permanecia calado e confuso:

– Fica fazendo companhia para Seu Teodoro, que eu me encarrego do resto. Quando ele quiser, dá mais um pouco de leite.

Levou a terrina, uma caixa de fósforos quase vazia e uns pedaços de papel que encontrara forrando uma prateleira na parede.

O coveiro gemeu baixinho, virou o rosto para a parede, e Dom Eleutério não conteve mais sua curiosidade e sua revolta:

– Mas afinal, Seu Teodoro, por que as nossas duas covas foram abertas do lado de fora do cemitério? Por acaso não somos filhos de Deus?

12. A VIAGEM

Seu Teodoro gemia baixinho e nem ouviu a pergunta de Dom Eleutério. Sabia que estava com febre, sentia as mãos dormentes, formigando, e os pés gelados. Ouvira Dona Conceição dizer coisas ininteligíveis, e tudo o que mais queria, naquele momento, era fechar a porta e a janela, puxar a coberta velha por cima do corpo e dormir.

– Podia pelo menos nos dizer por que abriu as nossas covas no lado de fora do cemitério? – insistiu Dom Eleutério.

Agora sim, ouvira bem a pergunta. Fez um gesto pedindo que o velho chegasse mais perto. A boca ressequida lhe dificultava articular as palavras; explicou que não havia mais lugar em nenhuma das quadras do cemitério, e que tanto fazia, depois da morte as pessoas ficam indiferentes a tais coisas.

– Por mim – disse Dom Eleutério –, até que não ligo, mas só falei por causa da Conceição. As pessoas antigas são muito apegadas à tradição e depois, dentro dessas paredes aí do lado, estão os nossos filhos e os nossos netos. Acho que o senhor entende.

Sentiu-se cansado de tanto falar e voltou para o banco junto à parede. Viu a mulher retornar e notou que estava muito preocupada e absorta com a tarefa de preparar o pão.

Descobrira uma gamela dependurada num prego, na parede; passou um pano para limpá-la das teias de aranha e do pó, depois foi para junto da mesa cambaia, onde começou a mistura da farinha com o leite e os demais ingredientes.

– Fiz um bom fogo e posso garantir que dentro de pouco tempo ele vai ficar no ponto de assar qualquer pão.

Dom Eleutério continuava mudo no seu canto e o coveiro parecia dormir, embora arfasse demais. Dona Conceição sovava a massa com dificuldade e disse que esperava ser aquela a última vez que fazia fogo num forno, já não tinha mais forças e mesmo porque havia gasto o último fósforo:

– Para acender o lampião, a noite vem aí, a gente deve buscar umas brasas do forno e tratar de acender um pedaço qualquer de papel velho.

Continuou amassando o pão e lamentou que não tivesse, pelo menos, um dedal de fermento, o que chegava a ser uma pena quando alguém pretende mesmo fazer um pão que leve o nome de pão.

– Eu me lembro – disse ela, como se estivesse sozinha – daquela vez em que fizemos uma grande festa na casa da minha mãe, um ano antes do nosso casamento, acho que por motivo do aniversário do Presidente do Estado, o Dr. Carlos Barbosa. Ajudei a assar, só numa tarde, mais de duas dúzias de pão e ainda deu para a gente fazer centenas de pãezinhos de polvilho azedo, que era a especialidade da nossa família.

Colocou a massa numa lata de goiabada vazia e disse que a vantagem de não ter fermento era a de não ter que esperar.

– Vou passar uma vassoura naquele forno, mas antes quero juntar as brasas maiores, porque os fósforos acabaram. Dentro de pouco vamos ter o pão prontinho. Seu Teodoro está mesmo é precisando de comer alguma coisa sólida, ele está muito fraquinho.

Dom Eleutério encostou a cabeça de encontro à parede de tábuas antigas, respirou fundo, e sentiu mais uma vez a dor aguda que parecia comprimir o osso do peito. A penumbra da peça não lhe permitia enxergar a cama onde o coveiro dormia, e se deu conta de que precisavam fazer o pão o mais depressa possível. Deviam comê-lo sem tardança e tomar o caminho de volta para casa, antes que a noite chegasse. O trajeto estava cheio de armadilhas e, se a escuridão caísse sobre a velha cidade esboroada, eles na certa não encontrariam mais o teto que abrigava ainda a velha cama, ah, a velha cama que acolhia com carinho os seus ossos doloridos; que abrigava o fogão que enchera de calor tantas e tantas noites de inverno; a mesa onde comiam o escasso alimento dos últimos anos e que tantas preces ouvira em agradecimento a Deus por tudo aquilo que ainda conseguiam reunir naqueles longos anos de privação e de ausência.

Pareceu-lhe ter ouvido um ronco vindo da cama. Suspendeu a respiração por alguns segundos, ouvido atento, não escutou mais nada. Cabeceando de sono (ou seria cansaço do longo dia?), Dom Eleutério imaginou que puxava, a plenos pulmões, uma tragada funda do seu inesquecível Parnasianos; saía do Theatro São Pedro para tomar o último bonde que partia da Praça da Matriz, especial para os que tinham ido assistir a uma ópera de Wagner; ele, a noiva Conceição, os pais dela, dois irmãos menores; a primavera com suas rajadas de vento a ameaçar os grandes chapéus de plumas e véus das senhoras enfeitadas; as despedidas das famílias amigas; o céu limpo de nuvens, a Via-Láctea cortando a imensidão como um manto de tênue claridade. Seu pai a dar socos nas mesas e nas paredes, iracundo, brandindo o jornal do dia com as manchetes pesadas que diziam ao mundo que os espanhóis estavam em guerra; o pai, a exclamar que aquilo não era possível, acusava os invasores do Marrocos de genocídio, esse General Aguilera não passa de um criminoso! Disfarçando – na época ele mal sabia daquelas coisas – fingia outras preocupações, afinal era uma guerra tão distante, e depois, os espanhóis que viviam deste lado do Atlântico não eram assim tão simpáticos que merecessem uma lágrima de ninguém, e os beduínos do Marrocos tinham o jeito de fantasmas. Ele dava corda no seu gramofone Victor, para ouvir valsas e mazurcas, e seu coração pulsava de emoção pelo heroísmo de Bleriot, que naqueles dias tentava a travessia do Canal da Mancha, no seu Escopette, a 80 metros de altura e a uma velocidade assustadora de 42 quilômetros por hora. Voar (seus sonhos de rapaz) como um pássaro, mesmo com as asas pregadas nos braços, lemes nos pés; lá embaixo, várzeas e campos, colinas e rios, as pequeninas cidades com pessoas distraídas pelas ruas, como carreiras de formigas; voar, furando nuvens em suaves evoluções até descer vagarosamente, plumas ao vento, ao lado da casa vetusta do futuro sogro, entre meninos e bichos.

Dona Conceição entrou lentamente na peça escura e parou por alguns instantes para acostumar os olhos. Trazia nas mãos a forma com o pão. Chamou pelo marido:

– Em que diabo de canto te meteste, Eleutério?

– Estou aqui.

– Mas então estavas dormindo.

– Acho que sim.

– E Seu Teodoro? Acorda o homem, acho que há muitos anos ele não sente um cheirinho tão bom nem tão gostoso. Cheiro de pão como se fazia na casa da minha mãe.

Colocou o tabuleiro pequeno sobre a mesa e ficou limpando as mãos num pano velho. Acercou-se da cama, escutou em silêncio, encaminhou-se para o marido, que permanecia no mesmo lugar, cabeça atirada para trás, respiração curta:

– Eleutério, eu acho que Seu Teodoro, coitadinho, morreu.

Ele teve um leve sobressalto, abriu os olhos, levantou-se com esforço.

– Mas ele não pode morrer, Conceição, ele mesmo nos disse que tinha uma importante missão a cumprir antes de ir embora.

Aproximou-se do catre, estendeu a mão em busca do rosto do coveiro, desceu os dedos até o peito e ali se demorou. Queria ter certeza.

– Seu Teodoro morreu.

Abraçou a mulher, que ficara no meio da peça, carregando-a para o banco onde estivera antes.

– E agora, o que vamos fazer com o pão? – quis saber a velha.

– Acho que devemos repartir o pão entre nós, numa última homenagem ao nosso amigo morto.

E assim fizeram, a massa ainda quente. Iam jogando para dentro da boca pequenas migalhas fáceis de mastigar. Lastimaram que Seu Teodoro não estivesse compartilhando com eles da alegria de comer um pão feito com farinha de trigo, leite e sal. Mas não continuaram a comer, a fome havia desaparecido repentinamente.

– Não devemos passar a noite aqui. Tenho muito medo de andar no meio dessas ruínas – disse ela.

– Não tenho forças para enterrar Seu Teodoro – lembrou Dom Eleutério, olhando na direção da cama onde o amigo não fazia mais nenhum ruído de respiração.

– Deus é nossa testemunha e vai nos perdoar.

A luz do dia desaparecia lentamente e eles notaram, assustados, que o vento de setembro amainara quase de todo, e que o silêncio se tornara opressivo e nem lebres nem mochos perturbavam aquele pesado e triste cair de tarde.

– Tenho muito sono – disse ele com voz sumida.

– Eu também – concordou Dona Conceição, apoiando a cabeça no ombro magro do marido.

Ela ouviu, naquele momento, um distante ruído de qualquer coisa como patas de cavalos tarolando no chão de terra firme; logo depois o rodar de um carroção ou quem sabe de uma daquelas antigas carruagens de quatro rodas, a caleça das famílias de seu tempo de moça; na frente, ao alto, um assento de encosto móvel e, na parte traseira, um confortável sofá de couro, protegido por uma capota arriável.

– Estás ouvindo? – perguntou ao marido.

– Ouvindo o quê?

– Escuta bem, deve ser uma carruagem de dois cavalos. Vem para este lado.

Ela ouviu o estrépito da viatura estacando na frente da casa, em meio a espessa nuvem de poeira. Os cavalos relinchavam e alguém começou a bater ritmado com os tacos de suas botas no terreno, até que a silhueta de um homem surgiu na porta de entrada, recortada pela fraca luz do entardecer, e uma voz quebrou o silêncio da peça escura:

– Agora, podemos ir embora.
– Para onde? – quis saber a velhinha.
– Para casa – disse a voz.

O vulto entrou, acercou-se dos velhos, ajudou-os a levantar-se e disse que iniciariam a viagem naquele momento, pois não queria esperar, a noite descia com muita rapidez. Dona Conceição perguntou se não deviam acender uma vela por intenção da alma de Seu Teodoro. O homem disse que não era preciso, e depois, ou saíam naquele instante, ou nunca mais.

Deslumbrada, ela viu lá fora a carruagem negra igual àquela outra que um dia levara para a igreja o jovem casal. Dom Eleutério, elegante, de cabelos negros, fraque, cartola sob o braço, ela toda de branco, véus e grinaldas, cauda imensa que agora lhe parecia suspensa no ar pelas mãos de incontáveis anjinhos brancos, a baterem asas como os beija-flores. Acercaram-se da carruagem, ela colocou o pé no estribo de madeira, viu-se empurrada por fortes mãos; logo depois Dom Eleutério sentava-se a seu lado, agora remoçado e sorridente.

O recém-chegado subiu para a boleia, segurou firme as rédeas, estalou o chicote e os cavalos arrancaram num retinir de patas que se acelerava a cada momento, enquanto ressurgiam diante dos olhos baços da velhinha, que se aconchegava amorosamente na poltrona fria, as folhas do velho álbum de família.

– Nosso Senhor Jesus Cristo! – exclamou Dona Conceição: – Sou capaz de jurar, em nome do que há de mais sagrado, que o cocheiro é o nosso filho Adroaldo.

– Eu sei – teria dito Dom Eleutério, recostando a cabeça na almofada do assento, leve sorriso de felicidade no rosto remoçado –, eu vi logo que era o nosso filho, mas não quis te dizer nada.

    Entrelaçaram as mãos envelhecidas pelo sol, pelo vento, por todos os gestos de carinho de um para com o outro, para com os filhos e os netos, e sentiram juntos que a noite havia chegado.

Sobre o autor

Josué Marques Guimarães nasceu em São Jerônimo, no Rio Grande do Sul, em 7 de janeiro de 1921. No ano seguinte sua família mudou-se para a cidade de Rosário do Sul, onde seu pai, um pastor da Igreja Episcopal Brasileira, exercia as funções de telegrafista. Após a Revolução de 30, sua família foi para Porto Alegre, onde Josué Guimarães prosseguiu os estudos primários, completando o curso secundário no Ginásio Cruzeiro do Sul, mesma escola onde estudou o escritor Erico Verissimo.

Em 1939 foi para o Rio de Janeiro onde, no *Correio da Manhã*, iniciou-se na profissão de jornalista que exerceria até o final da sua vida. Com a entrada do Brasil na Segunda Guerra, voltou para o Rio Grande, onde concluiu o curso de oficial da reserva, sendo designado para servir como aspirante no 7º R.C.I. em Santana do Livramento. Alistou-se como voluntário na FEB (Força Expedicionária Brasileira), mas foi recusado por ser casado. De volta à imprensa, segue na carreira que o faria passar pelos principais jornais e revistas do país. Trabalhou em inúmeras funções, de repórter a diretor de jornal, passando por secretário de redação, colunista, comentarista, cronista, editorialista, ilustrador, diagramador e repórter político. Quando morreu, em 1986, era o diretor da sucursal da *Folha de São Paulo* em Porto Alegre. Atuou como correspondente especial no Extremo Oriente em 1952 (União Soviética e China Continental) e de 1974 a 1976 como correspondente da empresa jornalística Caldas Júnior em Portugal e na África. Como homem público foi chefe de gabinete de João Goulart na Secretaria de Justiça do Rio Grande, governo Ernesto Dornelles; foi vereador em Porto Alegre pela bancada do PTB, sendo eleito vice-presidente da Câmara. De 1961 até 1964 foi diretor da Agência Nacional, hoje Empresa Brasileira de Notícias, a convite do então presidente João Goulart. A partir de 1964, perseguido pelo regime autoritário, foi obrigado a escrever sob pseudônimo e a dar consultoria para empresas privadas nas áreas comercial e publicitária.

Josué Guimarães lançou-se tardiamente – aos 49 anos – no ofício que o consagraria como um dos maiores escritores do país. Seu primeiro livro foi *Os Ladrões*, reunindo contos, entre os quais o conto que dá nome ao livro, premiado no então importante Concurso de Contos do Paraná (este concurso promovido pelo Governo do Paraná foi, nas décadas de 1960 e 1970, o mais importante concurso literário do país, consagrando e lançando autores como Rubem Fonseca, Dalton Trevisan, João Antônio, além de muitos outros).

Sua obra – escrita em pouco menos de 20 anos – destaca-se como um acervo importante e fundamental. Democrata e humanista ferrenho, Josué Guimarães foi sistematicamente perseguido pela ditadura e os poderosos de plantão, mantendo uma admirável coerência que acabou por alijá-lo do *meio cultural* oficial. Depois de Erico Verissimo é, sem dúvida, o escritor mais importante da história recente do Rio

Grande e um dos mais influentes e importantes do país. *A ferro e fogo I* (Tempo de solidão) e *A ferro e fogo II* (Tempo de guerra) – deixou o terceiro e último volume (Tempo de angústia) inconcluso – são romances clássicos da literatura brasileira e sua *obra-prima*, as únicas obras de ficção realmente importantes que abordam a saga da colonização alemã no Brasil. A tão sonhada trilogia, que Josué não conseguiu concluir, é um romance de enorme dimensão artística, pela construção de seus personagens, emoção da trama e a dureza dos tempos que como poucos ele soube retratar com emocionante realismo. Dentro da vertente do romance histórico, Josué voltaria ao tema em *Camilo Mortágua*, fazendo um verdadeiro *corte* na sociedade gaúcha *pós-rural*, inaugurando uma trilha que mais tarde seria seguida por outros bons autores.

Seu livro *Dona Anja* foi traduzido para o espanhol e publicado pela Edivisión Editoriales, México, sob o título de *Doña Angela*. Por ocasião dos eventos que lembraram os 80 anos do autor foi publicado postumamente o livro de viagens *As muralhas de Jericó*, sobre sua experiência da China e União Soviética nos anos 50.

Deixou quatro filhos do primeiro casamento e dois filhos do segundo. Morreu no dia 23 de março de 1986.

OBRAS PUBLICADAS:

Os ladrões – contos (Ed. Forum), 1970
A ferro e fogo I (Tempo de solidão) – romance (Sabiá/ José Olympio, 1972; L&PM EDITORES, 1978)
A ferro e fogo II (Tempo de guerra) – romance (José Olympio, 1975; L&PM EDITORES, 1979)
Depois do último trem – novela (José Olympio, 1973; L&PM EDITORES, 1979; L&PM POCKET, 1997)
Lisboa urgente – crônicas (Civ. Brasileira, 1975)
Os tambores silenciosos – romance (Ed. Globo – Prêmio Erico Verissimo de romance), 1976 – (L&PM EDITORES, 1991)
É tarde para saber – romance (L&PM EDITORES, 1977; L&PM POCKET, 2003)
Dona Anja – romance (L&PM EDITORES, 1978; L&PM POCKET, 2007)
Enquanto a noite não chega – romance (L&PM EDITORES, 1978; L&PM POCKET, 1997)
Pega pra kaputt! (com Moacyr Scliar, Luis Fernando Verissimo e Edgar Vasques) – novela (L&PM EDITORES, 1978)
O cavalo cego – contos (Ed. Globo), 1979, (L&PM EDITORES, 1995; L&PM POCKET, 2007)
Camilo Mortágua – romance (L&PM EDITORES), 1980
O gato no escuro – contos (L&PM EDITORES, 1982; L&PM POCKET, 2001)
Um corpo estranho entre nós dois – teatro (L&PM EDITORES, 1983)
Garibaldi & Manoela (Amor de Perdição) – romance (L&PM EDITORES, 1986; L&PM POCKET, 2002)
As muralhas de Jericó (Memórias de viagem: União Soviética e China nos anos 50) – (L&PM EDITORES, 2000)

Infantis (todos pela **L&PM EDITORES**):

A casa das quatro luas – 1979
Era uma vez um reino encantado – 1980
Xerloque da Silva em "O rapto da Doroteia" – 1982
Xerloque da Silva em "Os ladrões da meia noite" – 1983
Meu primeiro dragão – 1983
A última bruxa – 1987